旭日高娃
(蒙古族,孛儿只斤氏)

1983年12月出生于陈巴尔虎旗巴彦库仁镇。

10岁起学习音乐,15岁考入中央民族大学音乐学院。

2005年以优异成绩考入中央音乐学院管弦系攻读硕士研究生。

2008年获德国DAAD国际交流奖学金留学德国。

2011年回国,在北京国家大剧院音乐厅管弦乐团任圆号演奏员。

巴尔虎
草原上轮回的生命

旭日高娃 著

当代世界出版社

图书在版编目(CIP)数据

巴尔虎:草原上轮回的生命/旭日高娃著.—北京:当代世界出版社,2014.10
ISBN 978-7-5090-0989-5

Ⅰ.①巴… Ⅱ.①旭… Ⅲ.①散文集—中国—当代 Ⅳ.①I267

中国版本图书馆CIP数据核字(2014)第227302号

书　　名	巴尔虎——草原上轮回的生命
出版发行	当代世界出版社
地　　址	北京市复兴路4号(100860)
网　　址	http://www.worldpress.org.cn
编务电话	(010)83908456
发行电话	(010)83908409 (010)83908455 (010)83908377
	(010)83908423(邮购) (010)83908410(传真)
经　　销	新华书店
印　　刷	北京华联印刷有限公司
开　　本	787×1092mm　1/32
印　　张	6
字　　数	75千字
版　　次	2015年1月第1版
印　　次	2015年1月第1次
书　　号	ISBN 978-7-5090-0989-5
定　　价	21.80元

如发现印装质量问题,请与承印厂联系调换。
版权所有,翻印必究;未经许可,不得转载!

序言

草原就像是我的血液,流淌在身体里,从未停息。她常常以最壮丽的景象和最温暖的气息出现在脑海中,让我无论走到哪里都不会感到孤单和惧怕。呼伦贝尔这片大草原给予了我一种无穷无尽的力量,这力量根植在体内,转换成勇气,让我无惧生活中的一切困难。

我想我是幸运的,出生在如此美丽的地方,此生更与草原息息相关。我时常赞美蒙古人的豪放、热情和勇敢,这种由衷的赞美完全出于对蒙古人本质的了解,明白豪放不是出于优越的生活,也不是出于崇高的信仰,而是出于与自然同呼吸、同生存的磨炼。这种豪放更是一种纯粹的气度,来源于天与地之间这片纯净的充满生气的真实的草原。

草原的景色是美丽的,这美丽不仅来自草原四季真实的变化,更来自于蒙古人与草原的完美结合;草原上的生活是艰辛的,正是这艰辛的生活造就了草原人民勤劳、善良的性格。有人说艰辛的生活会让人忘记景色的美丽,可大草原的美丽却让蒙古人在艰辛的生活中依旧保持乐观的心态。蒙古人从大自然的美丽中提取了最可贵的豪情,最终蒙古人也成了草原美的一部分。

每一次站在这无尽的蓝天下,站在这一望无垠的草原上时,渺小的我对这片草原充满了崇敬。有时我觉得自己就是一株小草,努力地挣扎着想要长高,这蓝天与草原之间总有更广阔的空间,任我成长;有时幻想自己就是一匹小马驹,尽情狂奔,草原永远以她最为辽阔的胸怀,任我驰骋。

千万不要以为草原只是一幅风景秀丽的画,她所蕴含的沧桑正如她所展现的美丽,无处不在,无法让人忽视。蓝天白云下骏马驰骋在辽阔的草原,是何等洒脱,体会草原上如风一般的速度,是何等畅快。可马背上的愉悦永远伴随着颠簸,马背上的人在颠簸中前进,在颠簸中成长,也在颠簸中体味生命,品味人生。扛得过马背上的颠簸,才能体会颠簸以外的世界;忍得过最初身体的酸痛,才能体会策马扬鞭的豪爽。而草原那无与伦比的美,也只有在狂风暴雨、冰霜冷雪中不断迁徙的民族才配拥有。

草原是怎样的美丽?草原是怎样的辽阔?再美的语言文字,再高超的摄影技术,都无法真正展现草原的魅力。只有身在其中,真正与草原同呼吸,感受拂面的微风,闻着青草的味道,才能认识到真正的草原,才能够了解蒙古人的生活和蒙古文化。对于所有读者,我期望你带着自己的故事,带着自己对生活的理解和感悟以及对自然空间的无限遐想和大爱,到草原来。也许一个舒畅的深呼吸,或是一次短暂的冥想,你就能触动草原的脉搏。无论你是欣喜的、激动的,还是忧伤的、沉重的,请带上你的全部心境,草原可以包容你的一切,帮你释怀。

草原永远充满希望。不管她的冬季有多么漫长、多么寒冷、多么残酷,来年春天,草原依旧风景如画:蓝天依旧透彻,白云依旧随意地飘在天空,河流也依旧不辞辛苦地滋养着万物生灵,她的勃勃生机让人瞬间忘记那刚刚逝去的严寒。

陈巴尔虎旗是我出生和成长的地方,我对这片土地的真挚情感也正是我撰写这本书的原因。我愿意带着来自草原儿女的深切、美好的期望,为读者呈现一个真实、真情、古老的呼伦贝尔大草原。如果说生活中的许多事情都出自我主观的一种执着追求,那么这本书的诞生则完全不同,它是我多年情感积攒的自然流露,是我对草原的爱的更为流畅的诠释。我用岁月感知人生,用生命体味草原,眼睛让我认识草原的美景,肌肤让我感受草原的温度,而心灵的每一次悸动则让我明白爱的方向。

贝尔 摄

毕其格图 摄

贝尔 摄

毕其格图 摄

贝尔 摄

夏海鹰 摄

贝尔 摄

贝尔 摄

目录 Contents

第一章　蒙古包　　/ 001

第二章　成长在陈巴尔虎旗　　/ 031

第三章　姓氏　　/ 059

第四章　巴尔虎婚俗　　/ 083

第五章　滋养生灵的水源　　/ 107

第六章　草原生活　　/ 133

后记　　/ 161

第一章
蒙古包

一

"蒙古人是不是都住在蒙古包里?"这是我常常遇到的问题,好像不管走到哪里,这个问题都是一个固定的话题。显然,蒙古包在世人的眼中早已成为蒙古人的标志,而蒙古包也确实是蒙古人在草原上得以长期生存下来的一个不可或缺的温暖的家。

如果说马背是蒙古人最初的生命摇篮,那蒙古包便是蒙古人最温暖的移动港湾。蒙古包是蒙古人从长期的游牧生活中留传下来的智慧产物。牧人的牲畜总是在寻找最好的食物,哪里的草好,它们就会往哪里走;同样,牧民看到这一片草原被牲畜吃得差不多了,他们就会赶着牲畜换一片草原,为的是让草原休养生息。这样搬来挪去,就形成了蒙古人长期的逐水草而居的生存模式。

每一种生活习惯都有其形成的道理,都是为了更好地生存。在逐水草而居的生存方式下,易于拆卸的蒙古包便是最适合游牧民族的住所。它伴随着蒙古人度过了无数个春夏秋冬,度过了千百年的游牧迁徙生活。

目前在中国内蒙古自治区——蒙古人所生活的地区,同中国的其他地区一样,古老的生活模式与现代的生活模式共同存在,交织着的生活模式诠释着今天蒙古人的生活现状。有人选择摒弃传统、更多地接受外来生活模式;而有人仍坚守着古老传统的巴尔虎生活模式;更多一部分的巴尔虎人则过着综合的生活,他们虽然居住在现代的公寓里,但其生活习性,包括饮食、语言,甚至思维习惯,却完全保持着巴尔虎风格。

在这片草原上生活的蒙古人是最幸运的,因为最为古老的游牧景象在这里仍清楚可见,我们可以看到蒙古人千百年来的生存习性。在一切都趋于现代化的生活中,如果可以真正认识它、了解它、理解它,是一个蒙古人一生中最为生动的课程。

每当有朋友问起我的家乡时,我都会尽可能详细地介绍内蒙古,介绍呼伦贝尔,介绍巴尔虎。我希望自己对家乡的介绍,可以成为他们对一个地区、一个民族、一种陌生文化最终透彻了解的一个美好开始。这种美好的开始不是源于美化,而是源于真实。这份真实不仅可以传达草原人民的情感,也是全世界每个民族通往他族文化的最纯洁、最快捷、最简单的途径。

今天,蒙古包依然存在于呼伦贝尔,只是与从前的样式有一些区别。早在上个世纪70年代末,国家颁布了关于牧民草场分配的新政策。每家每户根据人口和牛羊等牲畜数目,分得不同大小的牧场,牧场的使用年限是30年。游牧面积的缩小也使蒙古包的使用率大大减少,事实上,新的政策正在从根本上改变着最初蒙古人游牧的生存习惯。牧民们有了自己固定的草场,逐草而居的空间范围便大大地缩减了,蒙古包的移动范围也随之缩小了。很多牧民已在自己的牧场上建造真正的房屋,不再是可以移动的蒙古包。草原上固定的房屋有了风力发电机,即便是离城镇数百公里,牧民也可以在草原上使用电话,看电视,听收音机,甚至还拥有不太稳定的网络。拥有比较大牧场的牧民则既建了固定的房屋,同时也使用可移动的蒙古包来放羊。羊没有改变习性,依旧在不断地寻找草多、草好的地方,"羊倌儿"也要如以往一样跟随着移动,以便照顾牲畜。依旧是移动的蒙古包,只是移动的空间从整片大草原变成了自家的草场,范围是从整个10万平方公里的呼伦贝尔草原缩小到几万亩的家庭牧场。

蒙古包移动范围的改变证实了草原文化正经历着一个发展所必然经历的疑惑——是要追逐现代化还是要保留传统性?如果每一个现代化生存方式的形成都经过深思熟虑,如果现代化的生活并不是与破坏和污染挂钩,如果草原文化在汉文化强势侵入下还能自由发展,我希望牧民依旧生活在最美、最纯净的空气下,同时可以享受到现代化所带来的便利。

二

1954年,婆婆出生在呼和诺尔苏木。"苏木"相当于一个乡。呼和诺尔苏木位于陈巴尔虎旗的南部,自2011年起更名为呼和诺尔镇。

婆婆的整个童年就是在蒙古包中度过的,可惜当初没有照片留念,我也只能从她的讲述中尽量用文字来还原那60年前古老的巴尔虎草原的景象,想象她别样的童年。

伴随游牧生活逐步产生的蒙古包是游牧民族的标志之一,住在蒙古包里就意味着过着游牧生活。蒙古人在游牧生活中形成了一种独特的世界观、价值观,他们对家的感觉、对自然的认识、对生命的理解、对信仰的领悟以及对爱的诠释,都有着游牧民族独特的角度,他们对世间万物的认识持有一种博大、宽阔、平淡、长久的态度。

说到游牧生活就不能不说挪包。在婆婆的回忆中,一年之中一家人需要挪很多次蒙古包,当时没有任何现代交通工具,每次挪包都是靠用牛拉的勒勒车。

每年六月初,牧民们从呼和诺尔苏木向夏营地——莫日格勒河迁徙。从呼和诺尔苏木到夏营地的这次迁徙算是巴尔虎牧民当时最远的挪包距离了。曲折的道路使整个迁徙的距离达到200公里。一个牧民家通常要使用十来辆勒勒车进行迁徙。车、人、牲畜,如此庞大的队伍,要走上一个星期才能到达目的地。之所以不断挪包就是为了让牛羊有好的草吃,养出好膘,秋天的时候才可以卖出个好价钱。牛羊不可以走太快,它们需要边走边吃草,并且所走的距离一定不能超出它们平常一天的路程,以免牛羊劳累变瘦,有违挪包的目的。

勒勒车是蒙古人最早使用的一种自制的纯木制交通工具。它的制作原材料是桦木,大大的轮子和轻便的车身,使勒勒车适合草原上四季的路况。不管是夏季雨后泥泞的草原,还是冬季覆盖着厚厚白雪的道路,勒勒车都能够行进。

从前的蒙古牧民人家的全部家当便是成群的牲畜、几辆勒勒车、蒙古包和几条狗。虽然现在古老的勒勒车正在被摩托车、拖拉机等现代交通工具逐渐替代,不像从前有那么高的使用率,但还是会在牧民的蒙古包外看到一两辆勒勒车。

值得高兴的是游牧民族最原始的家庭生活还能够在呼伦贝尔大草原上看到:草原上孤零的一个蒙古包,蒙古包外停放的勒勒车,当你走近时,定能听到牧民的狗叫声。这依旧是牧民人家,依旧是蒙古人千百年来延袭的生活景象。或许一个民族不应该狭隘地将民族的精神过多地集中在外在的形式上,可我同样忧虑,当这种外在的生活形式消逝了,那存在于骨血中的民族精神是否能长久的存在下去呢?

挪包是一件非常繁琐的事儿。挪包当天要起得非常早,在天刚蒙蒙亮时就开始准备。每次挪包都要将蒙古包内的全部物品收拾后装上勒勒车。

通常挪包需要3个带铁皮箱的勒勒车,装的都是一些需要防湿、防潮、防脏的物品,例如一家老小的衣物需要一个铁皮箱勒勒车;大米、白面、奶干儿、肉干儿等食物需要一个铁皮箱勒勒车;锅碗瓢盆等也需要一个铁皮箱勒勒车。

除了带铁皮箱的勒勒车之外,还有一种把用柳条编成个椭圆形围栏固定在车架上的勒勒车,这种勒勒车是用来装晒干的牛粪的。干牛粪对于挪包来说非常重要,没有它就无法生火做饭。不管是在什么天气下挪包,能够在途中吃上热乎的饭,必定能减少许多疲劳。

还有一种是用羊毡制成的带篷的勒勒车,这种勒勒车是用来拉人的,通常给家中的老人和小孩儿用。家长尽量将孩子固定在车上,以防路途颠簸将孩子颠下车。

拆卸后的蒙古包和羊圈,还有其他的一些工具就装在普通的勒勒车上。当所有东西都被装上勒勒车,安顿好家中的老人和小孩儿后,牧民就要赶着羊群、牛群、马群,向水草丰美的营地迁徙。夏季的迁徙一定要赶在清晨天气凉爽的时候出发,到正中午太阳最大的时候休息,为的就是避免牲畜在最热的时间行走,可以保存牲畜的体力,不让牲畜在挪包的路途中减膘。

从苏木向莫日格勒夏营地迁徙需要一个星期的时间,路程并不总是一帆风顺的,草原变幻莫测的天气会给牧民一家老小带来许多困难和考验。挪包途中,饿了就在草原上简单地生火熬奶茶,补充一家老小的体能;夜晚,牧民们露天睡觉,只有老人、孩子睡在勒勒车上。有时在途中还会遇到大风大雨、雷鸣闪电,但无论遇到怎样无常的天气,牧民都会克服一切困难向前行走。因为没有后路,后方的家已经被全部拆卸成勒勒车上的一个个零部件,而新家还等着自己去搭建。

可以说草原上的每个人都在挪包中练就了一身的本领,甚至是婴儿,他们虽被保护在特殊的摇篮中,可也在这一颠一簸中得到了强健的身体。在一次又一次地举家迁徙后,无论男孩儿、女孩儿都分担着父母的担子,为家贡献一份力量。老人帮忙照看年幼的婴孩,而中年的牧民正在履行着不可推卸且又自豪的任务,照顾老人、抚养婴儿,他们以辛勤的劳动和智慧的生存经验积累着财富。年轻人的生存本领都是在长辈的言传身教中,在同自然共呼吸中练就的。这就是草原上的游牧人家,每个人都奉献着能量。从儿时起就随着父母一道儿挪包的小姑娘,自然也养成了能应付一切事物的坚强乐观的性格,看淡世间一切,对于生活永远有着美好的期望。

也许这就是蒙古人热爱大自然的原因吧,他们将整个草原当成自己的家,无论蒙古包扎在哪里,只要还在大草原上,心就不会感到漂泊和凄凉。每一次将全部家当和牵挂带在身上,行走在辽阔的草原上,心中只有一个目标——向水草丰美的地方迁徙,向更美好的生活迈进。钦佩这种视天地为家的心境,我想只有心中的家大了,才会包容一切。

每次挪包牧民随身都要带着自制的奶干、奶酪、奶豆腐等奶制品,风干牛肉、风干羊肉、腌肉等肉食。途中,暖暖的奶茶配上奶制品和风干的肉食,或是用风干肉做汤的面条,就是蒙古人迁徙中的所有食物。牧民当初制作风干食品和奶制品,只是为了能更长久地保存食物,如今这两样食品已成为传统的蒙古族饮食文化中的代表,不仅是蒙古人自己的美味食品,也深受其他民族人的喜爱,而这些食品多多少少能让人想起那些迁徙的生活。

向夏营地挪包对于牧民来说更像是一场集会。一个苏木中的所有牧民向同一个方向迁徙,到达目的地后会沿着莫日格勒河的岸边扎上各自的蒙古包,夏营地还设有商店、饭店,还会播放电影。平时草原上的牧民人家彼此相隔都非常远,家家都有许多的活儿——牲畜的活儿,一家老小吃穿用的活儿,照顾老人、抚养小孩儿的活儿,根本没有太多时间互相拜访。

6月集体在夏营地扎包,也算是一年一次难得的相聚。每家每户的蒙古包相隔的距离近了很多,互相拜访的机会也多了,也会经常在逛集市的时候遇到。每当有电影播放时,牧民会提前干完家中的活儿骑上马前去观看。夏营地生活也使得同苏木的牧民之间多了许多交流,尽管迁徙的路途遥远,牧民们还是很向往在这里驻营,向往这一年一次的相聚。

夏季,在呼伦贝尔生活的巴尔虎牧民就要挪十来次包,但向莫日格勒附近迁徙算是最远的一次。牧民看到蒙古包附近的草被吃得差不多了,就要准备又一次的举家迁徙了。

夏季草原天气无常,经常刚刚还晴空万里,突然就会乌云密布,大风突起,不一会儿就大雨倾盆,经过一番狂风暴雨后又彩虹高挂。夏季的大雨会让挪包的过程变得异常艰辛,牧民们既要保护家中的老人和小孩儿,还要照顾牛羊。可等到一切过后又会看到异常饱满的草原。雨后的彩虹形状极其完整,大大的彩虹拱门伫立在天的尽头,就像是从远方的草原上拔地而起的一样。幸运的时候还会看到美丽的双彩虹,那渐变的颜色清晰夺目。还有被雨水冲刷后更加翠绿的草原，散发着真正属于大地的泥土香气。这一切再次印证了自然的神奇！

如此戏剧性的天气变化在城市中是永远看不到的，而此番难以捉摸的天气也正是草原的魅力所在。草原上无论男女都会观测天气，看看风向、看看黄昏的云彩，便可以对第二天的天气略知一二，然后做好应对天气变化的准备。是自然教会了我们生存的本领，是自然让我们掌握了应对它的能力。

草原拥有不可思议的张力，很难想象夏季如画般的草原经历过长久酷寒的严冬。草原用自己顽强的生命力向我们展示了自然的力量与神奇，它献给巴尔虎人的是勃勃生机，带给我们的是美丽与震撼。

在呼伦贝尔草原长达半年的冬季里牧民还需要挪七八次的包，冬季的挪包距离虽没有夏季那么远，却格外艰辛。在冬季，草原上积有厚厚的雪，勒勒车帮助牧民完成这艰难的迁徙。它大大的轮子载着重物，压过大雪，缓慢、艰难地向前行进。多年的草原生活，使家中长者对草原的地形都十分熟悉，整个冬天要挪包的地方也都在心里安排好了。例如先挪到哪儿,后挪到哪儿,哪里的草最好,可以留给冬季最冷的一段时间使用等。挪包的前一天,家中长辈会骑马先到新的扎包点儿探路,将准备扎蒙古包的地方和支羊圈的地方的雪铲干净,为第二天扎蒙古包和支羊圈做好准备。不管冬季挪包多么辛苦,牧民都会鼓起勇气,一年又一年重复着这富有挑战的经历。

不断挪包的生存方式,也让牧民的生活非常简单,除了必需品之外不去置办其他多余的东西。生活的需求压缩到最简单、最基本的状态,没有虚荣、没有浮华,平静的宛如雨后清丽的草原。

三

在草原最美丽的季节和最严酷的季节,牧民都在不断地迁徙,周而复始,从未停息,一年接着一年,一岁挨着一岁。像自然界的钟表一样,巴尔虎牧民认真地过着顺应自然的生活,他们默默地迁徙如同草原上一切生灵的轮回,静默却自有轨迹。

蒙古包

迁徙的童年是草原孩子所独享的,每一个经历过这样童年的蒙古人,都拥有一生中最真实、最难得的回忆。草原上的孩子,他们皮肤黝黑、身体强壮,从婴儿时就开始的游牧生活让他们各个儿都身怀本领。孩子们骑着心爱的骏马,在偌大的草原上驰骋,在急速奔跑中掌控自己的方向,随着马儿奔跑的律动有节奏地挥舞着马鞭,马鞭挥舞出足够的力量,速度展现出足够的坚强。只是看着他们驰骋,也能感受到他们身上由内而外散发出的自信、勇气和洒脱。在律动中飞奔,在节奏里扬鞭,摇摆着的身体与奔跑的马一同起伏,是那样真实、生动、自然。小小年纪便可以控制草原上的烈马,便能体会那飞驰的自由,便可以孤身一人驰骋在草原上,是草原生活给了他们的强健的体魄和非凡的勇气。

或许草原文化的精华便是这迁徙的队伍:排成纵队的勒勒车,赶着成群牛羊的牧人,路途中升起的炊烟。这是牧民的生活,更是牧民的精神,一种无畏、随和、顺从、充满力量的精神。这种精神也同样鼓舞着我,在我无奈或陷入低谷的时候,让我有面对生活的勇气。

草原的美丽浑然天成,而蒙古人的精神也给了草原更深刻的灵性,成就了草原文化。蒙古人生性豪爽、英勇、乐观,可也是草原的这份宽广辽阔、洁净自然,滋养了蒙古人的气质。

巴尔虎草原本就有美丽的风景,巴尔虎蒙古人在草原上的辛勤劳动使得这风景更加生动,他们的融合才是这里最鲜活的景象。有了巴尔虎人,这里的春夏秋冬不再只是简单的四季变换,这看似自然的变换蕴含着巴尔虎人轮回的洁净的灵魂。没有蒙古人的草原会让人觉得缺乏生气,没有草原的蒙古人就是无家的孩子。草原与蒙古人是你中有我,我中有你,草原眷顾蒙古人,蒙古人也爱恋着草原,他们顺应着草原的变化,草原也包容着他们。

一个蒙古人在其一生中,驾着勒勒车,携带着蒙古包,与他们的牲畜一起在这天高云淡的草原上行走,从襁褓中开始,这种迁徙不知有多少次。哪里是他们的家?其实哪里都是他们的家。

有时我们将家局限在拥挤的一室一厅中;有时我

们将爱固定在简单的一人一物上；有时我们只是活在一个个冷酷的人为规则下，毫不知情地随波逐流。我们何曾真正体会到天地即是我家，而河流真如母亲的心境。是我们不值得拥有吗？还是我们忘记了如何拥有？

蒙古人在无数次迁徙中，视整个天地为自己的家，热爱、珍惜着脚下的每一寸土地，感恩长生天赐予草原的每一条河流、每一片湖水和每一个生灵。

逐草而居的游牧生活是蒙古人的生存方式，更是蒙古人对草原的一种保护。每一次的举家迁徙，都是给曾经使用过的草原以休养生息。巴尔虎人在每次拔包迁徙时都会将建蒙古包时留下的小坑填平，这样曾经是小坑的地方以后还会长出草来。

巴尔虎人民对草原的种种爱惜让呼伦贝尔这片草原至今留有"天堂草原"的美名。然而当农耕文化进入到游牧生活后，当现代化工业进入呼伦贝尔草原后，当开采地下资源成为主要经济来源后，草原的勃勃生机便在悄然消退。

游牧文化与农耕文化同是人类生存的模式，然而却承载着截然不同的思维方式。在某种特定的环境中,这两种生存模式是格格不入甚至是相冲突的。两种文化所崇尚的不同价值观所延伸出来的截然不同的生存理念,说明两种生存方式只适合特定的生存环境。

农耕文化进入草原后,其生存理念破坏了草原生态。硬生生地将草原牧区变成想当然的农耕地点。

开荒种地使得内蒙古草原遭到毁灭性的破坏。科尔沁草原的开荒种地导致草原严重沙化;锡林郭勒草原在开荒种地政策的倡导下同样以迅雷不及掩耳之势退化。事实上在新中国成立后,在开荒种地政策提出之时,内蒙古整片整片的大草原便迎来了她的灾难期,这一政策的影响力贯穿了整个内蒙古,就连地处中国最北部的呼伦贝尔也同样深受其害。

在内蒙古自治区,草原沙化的范例已是比比皆是。有些曾经是广阔无垠的绿色草原的地方,如今竟成了以沙漠为主的旅游之地,这是一个多么令人痛心的事实。

拥有五千年文明历史的华夏民族,无论在多么艰苦的条件下都能顽强生存,然而面对富饶、美丽的土地,却不知道珍惜,只知道无止境的索取、破坏,等灾难降临,才后悔莫及。

也许有人会骄傲地说近30年来当代中国人创造的惊人财富,或许很多人都认为自己过上了比从前好了很多的日子。可恰恰就是这短短的30年,他们毁灭了多少自己身边的自然美景。当曾经的辽阔草原变成今天的茫茫戈壁时,人们也只能叹息地感慨这风景正应了人世间的苍凉之感。

呼伦贝尔草原土地辽阔,值得钦佩的是巴尔虎蒙古人没有为了眼前的小利,破坏祖先留给他们、留给子孙万代的这片神圣、宝贵的草原。试想一下,假如牧民将赖以生存的草原变为农田,每家每户都种一片自己的蔬菜地,后果会是什么样的?刚开垦的耕地上种着绿油油的蔬菜,牧民迁徙后,这块无人管理的菜地变成了荒地;遇到干旱的年月,荒地就会沙化。

虽然呼伦贝尔大草原仍是目前国内最壮美的大草原,但这里却依然经受着可怕的草场退化、草原沙化的威胁。

赫尔洪德是陈巴尔虎旗的一个公社,我的二姨就住在这个公社,小时候我和妹妹会经常去二姨家玩儿。这里虽地处呼伦贝尔境内,在地图上是绿草无垠的草原,可在我儿时的印象中却是一片沙漠,没有一丝草原的痕迹。小时候的我们并没有意识到这种现象的不合理,只知一味地在沙地上玩耍,乐在其中。这成片的沙漠不只是在我儿时的记忆中,听妈妈说她小时候,那里已是沙漠了。

不可否认,近年来政府对于沙地的治理颇有成效。就拿从海拉尔北山进入陈巴尔虎旗境的公路附近的那块儿草原来说,2010年时那儿是一片沙地,并且还在以惊人的速度向公路蔓延。今天当我们路过此地时会看到排排松树,已不见一丝沙地,松树阻挡了沙漠吞食草原的步伐。呼伦贝尔市政府近年来加大了治沙力度,这当然让草原人民欣慰,可破坏草原的行径却没有停止,无论是挖药材这样的个体行为,还是像化工厂、煤矿这样成规模的破坏行为,都没有得到合理的控制。

世间何来教化,自然才是人类的老师,在大自然面前我们每个人都应怀有一颗谦卑的心。你若有幸可以作为自然的决策者，请三思而后行。一次英明的决策就会造福子孙万代；而一个目光短浅、成就自我和满足眼前利益的决定，却也能造成不可挽回的灾难，而为灾难买单的将会是子孙后代。

作为草原的女儿，我希望我的呼伦贝尔可以永世存留，所有的孩子都能以马背为摇篮，以蓝天白云为背景，在温暖、热烈的阳光下，慢慢长大。希望现在的人们不要被利益驱使，过度开采呼伦贝尔大草原的资源，因为几十年，甚至十几年，过度开采就可以让美丽的大草原成为荒芜的大漠。而让一片沙漠再次变成养育人们的草原却需要几代人的努力。如果你是草原上的旅行者，也请您像爱护自己的家一样来爱护草原，草原是我的，也是你的，是我们所有人的后代的。

若一片土地她拥有河流，拥有绿色，那一定是自然给予的最珍稀的宝物。这河流和绿色眷顾着这里的人们，预示着富饶的生活，预示着幸福、快乐的人生，同时也能说明这里的人拥有一颗善良博大的心。我们每一个人，无论你是什么民族，无论以何种契机生活在这片土地上,让我们共同保护美丽的草原,在面对美丽的草原时请去除贪婪,在草原这片净土上请视自然为信仰。

四

在千百年的游牧生活中,许多智慧的生活形式一直在使用。蒙古包,蒙古人使用了超过千年的居住形式,它的搭建逻辑足以展现草原人民的生存智慧。

蒙古包的整体搭建不使用一颗钉子,其所使用的材料,如柳条、芦苇、木头、毡子以及用牛尾搓成的绳子等,都是来自于草原的馈赠。

蒙古包的主体是由哈那、套瑙、乌尼这三样东西组成。

哈那是蒙古包的下部,哈那的大小可以随意决定,牧民根据家中的人口决定该建多大的蒙古包。哈那高约一米,加上一个同样高度的门围成一个圈儿。套瑙则是最上面的圈儿,比哈那的圈儿小很多。套瑙是蒙古包的天窗,是采光用的,在冬季时蒙古包内的烟囱也是从套瑙内穿出。乌尼由约 3 米长的柳条或是木棍儿制成，它的作用是将下面的哈那和上面的套瑙连接起来，形成一个向上的锥形。

巴尔虎最有特色的蒙古包就是苇帘蒙古包，它已被列为我国非物质文化遗产。苇帘蒙古包是巴尔虎蒙古人根据自然环境创造出的具有强烈地域特色的蒙古包，即选用当地生长的柳条以及河边生长的芦苇制作而成。

苇帘蒙古包的哈那是用柳条编成的，长短粗细相同的柳条以等距离互相交叉排列起来，形成许多平行四边形的网眼。一般由四片哈那，再加上一个与哈那同样高度的门，一同围成蒙古包底部的圈。套瑙则是用很轻的木头制作的，其朝下的一面被制成一个个的孔，乌尼的一端插入套瑙下面的孔，另一端用牛尾制成的绳子与下面的哈那相连。

夏季使用的苇帘蒙古包其外围用的是细柳条编的帘子，乌尼上搭着用芦苇编的帘子。芦苇在遇到雨后会自然膨胀，这样即便是下再大的雨，雨水会顺着膨胀的芦苇滑下来，蒙古包内也不会漏水。

割柳条和割芦苇都是在冬天进行。冬天河水冻冰，这样牧民才可以赶着牛拉的勒勒车在冰面上行走。每年春节过后，牧民家的男人们就准备去河边割苇帘和柳条，开始为夏季修补蒙古包做准备了。当年完工苏木（新中国成立前呼和诺尔苏木的称呼）的牧民都是去离苏木最近的辉河去割。辉河位于陈巴尔虎旗南部，地处陈巴尔虎旗与鄂温克自治旗的交汇处。割回来的柳条要经过仔细挑选，将直的、长的、粗的柳条挑出来，作为蒙古包的哈那的材料；再挑出最细的柳条，用牛尾线将其一根根连接成长型的帘子，蒙语叫席格。席格围在哈那的外边，起到防风、防雨的作用。

芦苇也同样需要挑选后才可使用，抓住最长的一头，筛出长的、粗的芦苇，再用线一条条地连在一起做成帘子，蒙语称为哈思，放在哈那的内侧。芦苇做的帘子要制作很多片，一部分还需搭在乌尼上。乌尼上搭的帘子一般分三个部分，最上面的部分蒙语叫乌热赫，这部分的帘子通常都放最新做的、质地最好的苇帘子；中间一部分的帘子蒙语称之为敦得日郝绕；最下面的被称为德布日。棚上的帘子至少也要两层,里面一层放旧的,外面一层放新的,这样才能更好地防雨。苇帘子若保存得好并且每年精心补修的话,其使用寿命可达五年。

冬季时的蒙古包则是用羊毛制成的毡子围在四周,乌尼和套瑙上搭的也是毡子。毡子可以很好地抵御寒冷,最冷的时候,牧民还会在蒙古包内侧围上牛皮油纸以抵挡寒气。

整个蒙古包是直接立在草地上的,并没有将哈那插在地里。夏季为防止大风吹倒蒙古包,牧民会将一桶水挂在套瑙上来加重蒙古包,这样蒙古包就不会轻易被风刮飞、刮倒。而冬季蒙古包则变得格外稳固,四周存积的厚厚的雪天然地固定了蒙古包。经过大风日日夜夜吹拂,雪变得格外硬,即便是遇到暴风雪蒙古包也不会倒。

冬天蒙古包内正中间放的是炉子,烟囱从棚顶的套瑙上穿出去,铁皮做的炉子散热很快,所以蒙古包在生火之后就会立刻温暖。虽然炉子是在蒙古包的正中间,可烟囱却不在正中间,烟囱是从套瑙的一边伸出的，这样做可以最大限度地将毡子铺在套瑙上，为蒙古包保温。冬季为了使蒙古包外的羊毡子紧贴在蒙古包的骨架上，牧民会用绳子横向将哈那外面的毡子捆绑两道。套瑙上的羊毡被剪成六角形，比套瑙略大，每个角上都会有绳子，这些绳子与外围横捆毡子的绳子系在一起，这样整个蒙古包就被羊毡包起来了。白天就将两个角的绳子解开向反方向掀过去，系在另一边的绳子上，草原上温和的阳光穿过套瑙射入蒙古包内，即明亮又温暖。

冬季草原上用于取暖的燃料是牛粪和羊粪。这些燃料都是牧民在夏季储存的，沿着自家牛群每日出去吃草的路线，将晒干的牛粪捡回来堆在用柳条编制的圆形粪圈里。一把木质的小羊叉，一个柳条编成的背篓，就是牧民捡牛粪的工具。

羊粪是从羊圈中铲出的。羊圈是用木头围成的不到一米高的圈，羊群在圈内排便，粪便在圈内越积越高，到了羊可以跳出羊圈的高度时，就到了该给羊群换羊圈的时候了。换了羊圈后，旧羊圈里厚厚的羊粪会被太阳晒干，牧民会将这个大圆形厚厚的羊粪层切成小块儿堆在粪圈里。

牛粪、羊粪是牧民能够度过草原冬季的非常重要的必需品,做饭、取暖都要靠它。充足的取暖材料是牧民在冬季到来之前必须准备好的,没有燃料不止是冷暖的问题,而是生死的问题。

别看蒙古包不大,可它圆形的造型却充分地利用了空间。牧民将这个圆形的蒙古包利用得非常合理,他们通常把蒙古包门的右侧用做厨房,放一个橱柜,将锅碗瓢盆、油盐酱醋等做饭用具摆放在那里,还会有一个很矮的锅架子,上面放着一个大铁锅。橱柜的旁边,也是蒙古包中间的正右侧,放置的一定是一张床,这个位置是主人睡觉的地方。主人床的对面也会放一张床,通常是老人睡觉的地方。来客人的时候通常不会坐在主人的床上,而会坐在老人的床上。一个蒙古包里至少要放两张床,若家里有小孩还会有第三张床,是正对着蒙古包门的位置。小孩床左右的空间里会各放一台柜子,以门为中心右侧的柜子以前上面会放一台收音机,现在会放一台电视机,柜子上方的蒙古包壁上会挂着成吉思汗的画像或是几张家庭照片。在小孩床的前面也就是靠近炉子的位置会放置一个茶几,上面摆放着糖块和奶制品,用来招待客人。蒙古包门的左边,与厨房相对应的位置摆放着马鞍子、水缸还有做酸奶的木桶。

这就是一个典型的牧人家蒙古包的摆设,牧民对蒙古包空间的利用和安排,是最古老的"大开间"设计。新婚家庭的蒙古包则略有不同,没有小孩用的那张床,只在那个位置摆放了两个柜子,左面的柜子上一定会摆着两个长方形的皮箱,这两个皮箱是女主人带来的嫁妆。

蒙古包内的家具都非常漂亮,通常会使用非常鲜艳的颜色,例如鲜红、嫩黄等在家具上雕花。衣柜、橱柜、茶几上都会有雕花,柜子角上被刻上或是画上的花纹是蒙古族特有的吉祥图案。

草原上的蒙古人有个不成文的习俗,只要家中来客人就要拿出最好的食物去招待。这一习俗使得蒙古人在草原上无论走到哪里都会得到热情的招待。每一个远道而来的客人都会受到蒙古包主人的热情款待,他们拿出糖果、最好的奶制品、煮手扒肉最好的部位来招待客人，使客人即使离家很远也能感到家的温暖，这样久而久之就成了习俗。习俗也营造了一种情，一种部落之情、民族之情、草原之情。

蒙古人十分热爱自己的家乡，不愿离开草原，也许是因为离开后便找不到这种源于习俗的热情，找不到这种不掺杂任何其他因素的真诚待客之道。不愿离开不是因为家乡以外的地方不好，而是不习惯缺乏族人的环境。尽管草原上人烟稀少，可人人相识；虽然城市里人口密集，可相隔咫尺却从不交流。

现在的蒙古包大多都是用铁制的，无论是哈那、乌尼，还是套瑙，都是用铁焊的，不再像从前那样具有生活气息，让人感觉冷冰冰的。铁制的蒙古包不会轻易磨损，制作起来也相对简单，不需要那么多的人工。铁制的蒙古包也由于其实用性正在慢慢地取代传统的蒙古包。

现代化不断加快步伐，传统的蒙古族生活方式正在消失，古老的巴尔虎工艺、巴尔虎习俗或多或少的淹没在这现代化的步伐和汉文化的洪流中。但草原文化的精髓不会消失，巴尔虎文化所特有的宽容、与大自然相处时的柔顺以及在严酷环境下得以生存的顽强必能经得住岁月和时代的冲刷,也必然会得到一直与自然相依存的人们的传扬。巴尔虎文化作为整个世界文化中的一部分,与其他文化必然会产生融合、分享和共进。在融合的过程中,有些东西消失了,有些东西发扬了,而再经过百年、千年的融合和演变,谁又会知道一个部落的命运以及她所延伸出来的文化走向呢?

第二章
成长在陈巴尔虎旗

一

陈巴尔虎旗,乍一听,大家会觉得这个地名有些繁琐,不好记,但分解开来看就不那么复杂了。"巴尔虎"大家都已知道是蒙古族一个古老部落的名称,最初生活在呼伦贝尔地区的人都是地地道道的巴尔虎部落的蒙古人。"陈"是旧的意思,用来区分"新"。

巴尔虎部落是在280多年前迁徙到呼伦贝尔大草原的,先迁过来的巴尔虎人居住的地方被叫作陈巴尔虎旗,晚一些迁过来的巴尔虎人所居住的地方被称为新巴尔虎旗。"陈"与"新"仅用来区分巴尔虎部落到达呼伦贝尔大草原的先后顺序。"旗"是内蒙古地区区域划分名称,相当于县。

在呼伦贝尔地区共有七个旗:陈巴尔虎旗、新巴尔虎左旗、新巴尔虎右旗、鄂温克族自治旗、鄂伦春自治旗、阿荣旗、莫力达瓦达斡尔族自治旗。其中陈巴尔虎旗、新巴尔虎左旗、新巴尔虎右旗及鄂温克自治旗被称为呼伦贝尔的"牧业四旗"。这四个旗以牧业为主要经济产业,也是呼伦贝尔地区牲畜的主要集中地。

自2011年起,陈巴尔虎旗境内共包含3个镇、4个苏木,即巴彦库仁镇、宝日希勒镇、呼和诺尔镇;西乌珠尔苏木、鄂温克民族苏木、东乌珠尔苏木、巴彦哈达苏木。巴彦库仁镇是旗政府的所在地,通常说到陈巴尔虎旗(陈旗)就指的是巴彦库仁镇。

在呼伦贝尔境内共有3个旗居住着巴尔虎人,即陈巴尔虎旗、新巴尔虎左旗还有新巴尔虎右旗。呼伦贝尔地区还生活着我国其他的少数民族,比如鄂温克族、鄂伦春族、达斡尔族等,这些兄弟民族同巴尔虎蒙古人和谐相处,共同创造着美好生活。

陈巴尔虎旗全旗总面积1.86万平方公里,其中草原面积1.58万平方公里,草原面积占全旗总面积的80%。

被称为"天鹅故乡"的陈巴尔虎旗有这样一个传说:最早的巴尔虎草原有个小伙子名叫巴尔虎岱巴特尔,一天他在湖边恰巧看到七个美丽的天鹅姑娘在洗澡,巴尔虎岱巴特尔便藏起了一位天鹅姑娘的羽毛外衣。洗完澡过后其他6个姐妹都找到了自己的衣服变成天鹅飞走了，只有最小的天鹅姑娘怎么也找不到自己的衣服，没能及时变回天鹅，只好留了下来。后来巴尔虎小伙子巴尔虎岱巴特尔便娶了这位姑娘，他们育有11个儿子。数年过后，天鹅姑娘从小伙子那儿要回了衣服，又变成天鹅飞走了。而她的11个儿子便是巴尔虎人最初的11个姓氏的祖先。也许是因为这个传说，至今每当巴尔虎牧民看到有天鹅飞过蒙古包上空时，都会向天空泼洒牛奶，表崇敬之意，也祈求天鹅带来吉祥。

1983年的寒冬我出生在这里——陈巴尔虎旗巴彦库仁镇。巴彦库仁，在蒙古语中"巴彦"是富饶的意思，"库仁"则是院落的意思，富饶的院落，便是我的家乡。我的爷爷和奶奶是从科尔沁左翼中旗搬到巴彦库仁镇的，爸爸则出生在呼伦贝尔的另一个城市——扎兰屯。妈妈的家在陈巴尔虎旗的另一个镇——宝日希勒镇，她的父母同样是20世纪70年代从科尔沁举家搬到这里来的。母亲与父亲结婚后一直生活在巴彦库仁镇。

成长在陈巴尔虎旗

　　1994年秋天,经过我的再三请求,父母最终同意让10岁的我远去呼和浩特市内蒙古大学艺术学院学习。呼和浩特是内蒙古自治区的首府,尽管都是在内蒙古自治区,可离我的家却有2000多公里的距离,当年的火车要开上48个小时才能到达,这样的距离让我只能在每年的寒假和暑假回家。从10岁的这一年起,我学习音乐的道路就再也没有停止,也是这一年,我开始走上了没有终点的他乡漂泊路。如今我忘记了曾经是否有过强烈的对家的思念,只记得从未有过一丝放弃的念头;我忘记了小小年纪如何应对每年冬天的感冒,只记得自己是一个皮实的蒙古姑娘;我忘记了自己的弱点,只记得自己资质平庸需持之以恒地努力;我忘记了在父母臂膀下惬意的生活景象,只记得自己来自草原那四处漂泊视天地为家的信念;我忘记了自己曾拥有一个小家,只记得那整片的草原;我忘记了忧伤,只记得了坚强……

　　对于家乡陈巴尔虎旗,儿时最清晰的记忆,竟是雪花。记得在一个严寒的冬天,上学的路上,大雪纷飞,走路中不经意的抬头,看到了大片大片的雪花纷纷飘落的情景，一层接着一层，一片连着一片，感觉这纯净无比的雪花永远不会停止。那是我第一次感受自然的奇妙和魔力，那是一种永不停息的感觉。看着天空，仿佛自己就是这纷纷落下的雪花中的一片，静静地飘落，只为滋润大地，别无所求。在整个自然界面前，今生所有的相遇都值得庆幸。这一次儿时的感触在我脑海中竟是如此清晰和长久，即便是远离家乡千万里，即便是现在的我总会错过家乡大雪纷飞的季节，这份记忆也总存于我的脑海深处，而伴随着记忆的并不是寒冬的冷酷，而是一朵朵晶莹的雪花，在大地上温柔融化的瞬间。

　　雪伴随着呼伦贝尔地区的整个冬季。呼伦贝尔的冬季格外漫长，一年中有将近7个月的时间都是冬季。冬季的平均温度也在零下20几摄氏度，有时夜里最冷时气温会超过零下40摄氏度。在这样的气温下，大雪纷飞是常有的事。路边刚刚落下的雪，经路人反复地走，就变成了雪水，雪水在极冷的空气中又结成了冰。可以说每一个成长在巴彦库仁镇的孩子都会清晰地记得这上学途中的冰面。儿时的我们，看到一条条长长窄窄的冰面,远远地就开始助跑,当冰面就在脚下时,便有足够的速度和力量在上面滑行。滑滑走走,童年的我们从未认为家乡的冬季如此寒冷,也从没有认为上学的路途很漫长,更没有感觉到肩上书包的沉重,上学对于当年的我们来说总是伴随着欢声笑语。

在陈巴尔虎旗第二小学,我度过了6年的小学时光。听妈妈说,4岁多的我总是背起妈妈的一个白色小包假装去上学,并总是问父母,自己什么时候可以真正上学。在1988年9月,不到5岁的我如愿以偿地上了小学的学前班。如果说人生真的有宿命,那么我曾一度认为,从儿时想要上学开始,我的人生就有了特定的轨迹,那便是不断地学习,永不停歇地学习。不知是从几岁开始,自己对历史一类的书籍有很大的兴趣,总想知道一件事儿的源头,一个历史伟人的成长过程以及他所存在的历史环境,探究事件发生的必然性和偶然性。如今我仍在不断地追寻着自己的祖先的痕迹,试图了解他们的过去;也在不断描绘草原的现在,讲述我深爱的家乡的点点滴滴。与其说是我在渐渐地了解我的民族、我的家乡,不如说是在慢慢地了解自己。

我们每个人都是时代的产物,无论你的思想是保守的、还是开放的,都是这个时代所给予的。我们身上也自然而然地留有时代的烙印,这烙印以若有若无的形式游离在你的体内,没有一个人可以摆脱。有时你以为自己摆脱了过去,丢掉了自己身上自以为粗劣的东西,可在以后的某个时候,却发现你总要花时间重拾那个真实的自己。只有找到了真实的自己,你才可以坦然面对生活,面对命运。

正如我,出生在80年代,生活在一个不拮据也并不富裕的家庭,亲眼看着父母怎样通过自己的努力将日子越过越好;有幸与邻家的小朋友共同长大,童年的我从未体会过孤单。从10岁那年在自己的强烈要求下去了外地上学,到15岁顺利考上大学,到研究生毕业,到后来的出国留学,再到现在的工作,我逃不出自己的家庭氛围、生长环境、教育背景,更摆脱不了体内流淌着的蒙古人血液。我身上必然留下了成长在这个年代一个蒙古孩子的特殊烙印,无好无坏。时代是历史的产物,一个民族的现状同样是历史的产物,而我是时代和民族现状的产物,无从选择,无法改变。

用一种乐观且积极的态度来欣赏和诠释自己生活的时代,也是我的生活态度。每个时代都有它的先进性,也有它的不足,有它极力宣扬的,也有它竭力想要掩盖的。我们没有办法选择自己的时代,更没有能力左右时代的发展方向,唯一能够做的便是选择以何种状态生活在特定的时代里。

二

童年与小伙伴的情谊是我最珍贵的记忆。80年代的巴彦库仁镇几乎所有人家都住平房,家家都会养少量的牛羊等牲畜,都会在自家园子中种菜、种树、种花等。被妈妈规则地分成小块儿的院子,是那样井然有序,一块儿是胡萝卜地,一块儿种的是小葱,生活正如小院儿显示的那样,平静、规矩又五彩斑斓。每家园子里都会有一个井,用来饮用、浇园子和饮牛,夏季每每与小伙伴玩儿累了,就会喝从井里压出的冰凉甘甜的水；夏季园子里会开出漂亮的花，房后牛圈里会飘出新鲜的牛粪味儿……当时的生活模式在今天看来颇具田园气息。童年的我们谁都没有想到，只是几年的光景，我们便彻底失去了这种生活。

家后院的胖姨是我家多年的好邻居。胖姨是非常勤劳的女性，尽管生活最初给她带来一些不幸，但她不怕辛劳，独自抚养了3个孝顺的儿子长大成人。胖姨家的3个儿子就是我和妹妹童年时的伙伴。我们在同一所小学学习，每天结伴上学，结伴回家，吃过晚饭还要一起玩耍。每次都会玩到天黑，妈妈来叫的时候才会不情愿地回家，而第二天又会相约去上学……我们快快乐乐地在一起度过了将近6年的小学时光。还有一件非常可爱的事情，我和妹妹总是认为胖姨家的馒头比自己家的好吃。

尽管当时的生活条件并不优越，可是我们没有任何学习压力，童年的主题便是和伙伴们在一起玩耍，而童年的友情让我们至今亲如兄妹。曾有一张童年的五人照，是在家附近的一条马路上拍下的，那时的我们每个人脸上都带着稚嫩童真的表情。而多年以后的春节,无意中在同一条马路上又照了一张,马路已和从前大有不同,而我们也已不是当年稚嫩的一起上学的小孩儿了,可脸上依旧能看到无法改变的纯真,所有人都不禁感叹这照片恰似年轮。尽管如今的我们在不同的城市,尽管很久不会见面,可这份情却不曾减弱。

童年的五人组合是从我10岁那年去外地上学时开始瓦解的,后来是胖姨家的大儿子去当了兵,小儿子考上了大学,二儿子为了照顾单身的母亲则一直留在家中,妹妹也在上完初中后去外地上了体校,至此我们童年的伙伴就真的各奔东西了。多年后再次聚首,每个人都有很好的境况,也许这就是人生,若你辛勤认真的生活,生活对你也必有回报。我们曾经是互相照顾、一起玩耍的伙伴,后来我们都认真学习、积极向上,工作之后我们都以一颗真诚的心寻找着自己的幸福,现在我们同样会认真地对待生活、对待婚姻,这就是我们——曾经生长在巴彦库仁小镇上的孩子们。

如今回想儿时的生活,妈妈勤劳的身影总能浮现在眼前。有时我想一个女人也可以如此坚强,而这份坚强对于我们这个家来说又是何等的重要。妈妈作为一个家庭主妇,做了所有女人该做的事,洗衣、做饭、打扫卫生以及对我和妹妹的初期教育。妈妈心灵手巧,从小我和妹妹的衣服都是妈妈做的,家中当时用的沙发套、床罩等也是妈妈亲手做的。不光这些,妈妈还做了许多本该男人做的事,什么挤牛奶、送牛奶、给牛添草、拣牛粪、收拾牛圈等。妈妈日复一日、年复一年地这样为家庭付出,点点滴滴都在我的心里。

也许是从小在我脑海中的女性形象是妈妈,我对女性的最初认识也便是坚强。每个人都有不同的生活环境,有着不同的难处,有时是物质上的,有时是精神上的,可无论哪一种,坚强都是一味解决问题的良药。除了勤劳、坚强,妈妈在我心中更是智慧的。妈妈曾说:"求学之路没有对与错,为学习做出的任何选择都是正确的,要敢于实践,任何事只要做了就有百分之五十的成功率。"是啊!有多少人为了百分之五十去努力却得到了百分之百的收获,人生最可贵的是拥有一颗敢于实践的心。

爷爷去世的时候,爸爸的兄弟姐妹们都未成年。

成长在陈巴尔虎旗

长兄如父,爸爸不但要抚养我和妹妹,还要照顾他的兄弟姐妹。妈妈是那种不乱花一分钱的女人,每个月除了正常开销以外,她把所有剩余的钱都存起来。尽管家庭并不富裕,父母对我和妹妹的教育却从不含糊。当时他们总会说:"学习是给自己学的,考不上学是孩子自己的事,而考上了,付不起学费就是我们做父母的责任了。"虽然都是一些简简单单的话,可我能感觉到,父母清楚地知道教育对一个孩子的重要性,绝不会因为他们的原因而耽误孩子的前程。他们"要勇敢追求自己梦想"的教育至今对我仍是最大的鼓舞。"任何事只要你做了就有可能成功,但如果你什么都不做就不会有任何成绩。"虽然这里的成绩只是我心中一个个小小的目标,但这一个个小小的目标对我而言又是那么的重要。在我心中,任何的结果都不算失败,缺乏做事情的勇气才是真正的失败。

爸爸妈妈对生活的乐观积极和做事情执着追求的态度,最终让我们的家有了翻天覆地的变化。也许与许多人相比,父母的成绩并不能算是绝对的成功,可在我眼中,他们做了一份非常成功的事业,是负责任、讲规矩,集智慧、坚强、执着为一身的好父母。

三

草原小镇的变化清晰可见,正如我的小家一样,年年都有新变化。街道越来越干净,设施越来越备,我可以清晰地看到小镇居民们的脸上洋溢着生活富足的满足感。小镇上,人与人的接触和交流非常多,邻里之间经常串门,聊家常,生活节奏非常慢。一种浓重的情谊流淌在小镇居民的日常生活中,在这里似乎义气不仅仅是存在于兄弟之间,而存在于人与人交往的任意一处。

童年生活的房子已不复存在了,童年的记忆最终只能存在于印象当中。得知童年生活的房屋被全部拆除,心中未免有些感伤,那里有太多不一样的生活回忆,那样真实,那样不同。我对真切生活气息的追寻源于童年的记忆,我生命开始的 10 年的那个家才是真正意义上的家;或者说在我这一生的记忆中,那个与小伙伴共同长大的地方才是家最真实的模式。一座座崭新的楼房已经将我们原来的家彻底擦拭,这里俨然是一幅新的画面,对于那些消逝的画面,我们只能在脑海中想象,不断从记忆中搜寻生活的片段,在梦里回味。

尽管心中对于童年生活的房子的拆除倍感忧伤,可我知道这是城镇发展的必然结果。对于我来说,是很想保存童年的每一份真实的存在,可对于其他居民而言,拆除平房搬进楼房则是生活品质的提升;而对于整个城镇规划来说,这样的决定让我们的小镇越来越整洁,越来越漂亮。

家乡让我难以忘怀的还有那草原夜空上数不尽的繁星。看着繁星点点,总是能不自觉地开始思索,开始感叹,开始默默地审视自己。世界很大,可无论走到哪里,那挂在天空北方的七星勺总会千年不变地在那里闪烁。在繁华的城市中,在相隔千万里截然不同的地域上,只要你看它,它便在。不管这世界有多大,每个民族的习俗有多么不同,每个人之间必有共通之处,至少在夜晚我们看到的是同一个七星勺,我们感受到的是同样一片美丽的夜空。

其实人并不孤独,即便是在没有一丝灯光的草原静夜,也有数不尽的星星为你照亮道路。也许置身于黑暗也是一种幸福,否则你永远看不到布满星辰的天空,那是另一个世界,是一个童话般美好、神奇的世界。这种只能去静心欣赏却永远无法触及的感觉让人无比欣慰,一种敬畏之心油然而生。也许是因为我儿时曾经看过这景象,所以这星光灿烂绚丽的景象时常出现在我的梦里。今天,当我再次看到它同我梦中一样的绚丽时,我的眼泪不由自主地流出。这是一幅用星星画满天空的画卷,有明有暗、层层叠叠,这星辰画卷如此绚丽,它不属于某个人,却属于每个人。这绚烂的星空,不管我何时想起都会恍惚,难辨那是梦境还是现实。也许是因为我见到过自然的神奇,我相信所有电影中展示的自然美景,不管是《阿凡达》还是《少年派的奇幻漂流》,我相信一切有如梦境天堂般的自然美景的存在。

看到如此变幻莫测的星空,我有着飘忽在两极之间的想法,一种是极为肯定自身的存在,一种是忽视自己的存在。当我在不同的时间点观察到物质的变化时我肯定自己的存在,而当我静止地看待世间存在的事物时,我觉得自身也是静止的,没有思想,只是物体,如同天上的一朵云或夜空上的一颗星,存在于无数个类似群体中,虽无特别,却也依旧存在,依旧闪烁。欣赏你的人会看到你的特别,就像星辰一样,每一颗都是照亮夜空的一分子。

宇宙中的一切运动都有着自己特定的轨迹,而我的命运是否也早已归入了一个轨迹?自己的每一次的精心决定,每一次动情,每一次伤心,过后看来不过是在寻着那特定的轨迹自然地走。正如呼伦贝尔大草原上的河流,顺着地势形成了各个独特的河流形态,每一处都是独一无二的,无需修饰,更无需设计,自然便是绝美。

有时我想,不知是我对巴彦库仁镇的情感过于特殊,还是原本这里的一段段情,一件件事,一个个人就具有这般魅力。我知道,我对这里所有的感触只因我全部的爱都在这儿,也请原谅我对家乡如数家珍般的赞美,也许是这里的人让物更有情,而物也让这里的人更重情。

陈巴尔虎旗巴彦库仁镇——我的家乡,尽管我没有天天生活在这里,没有成为这里典型的巴尔虎人,可远在他乡的我心中一直念着你,关心着你,并以能拥有你为荣。而童年在家乡度过的年月也成了我今生所有生活的参照物。我想这就是家乡,是生命的起点,更是根植在脑海中的一种界定,界定生命中的美丑,界定自己要成为怎样的人,选择吸收何种文化,选择生命中值得热爱的事物。在某种程度上,对家的认识,对家乡的认知,也决定了我对整个世界深度的认知。"我来自哪里"并不只是一句话,家乡的美丽已植入我的心灵,家乡的兴衰也同样牵动着我的神经。"我来自巴尔虎草原!"这永远是最令我幸福的一句话。

四

2012年6月底,我和男友一路驱车从北京开往呼伦贝尔,一天多的行程,已让我们倍感疲惫;可当我们驶进巴彦库仁镇时,公路两旁的茵茵绿草立刻让我们倍感亲切;进入小镇,这整洁、熟悉的景象也让我们激动不已。这草原的景象和这绿草的味道能够迅速让我感受到自己已身在家乡。

此次回家乡是为了我和男友的终身大事,我们将在7月初举行婚礼。

婚姻即将带领我和这个巴尔虎男人进入人生的一个崭新旅程,也拉近了我与巴尔虎部落的距离。纵观周围人的婚姻,有幸福的,有悲伤的,有真诚的,有虚伪的,无论他人如何,婚姻对我来说是一份爱的最终归宿。不管婚姻生活最终发展的结果是什么,对于婚姻本身我永远怀揣积极的观点。

对于婚姻我是有所期望的。我期望和追求着一个真实的生活。我知道生活并不总是一帆风顺的,难免遇到这样那样的问题,让我们在磕磕碰碰的真切生活中相伴到老,让我们看着彼此成长,鼓励彼此有所坚持,坚持我们彼此的选择,坚持我们的生活,坚持我们的追求。我们要相信是缘分让我们今生做夫妻,若婚姻最终能到白头偕老这更是修来的莫大的福气。或许即将结婚的我对于婚姻并没有发言权,也无法从身边失败的婚姻中分清孰对孰错,更无从知道一段婚姻遇到问题时要如何解决,我只知道婚姻需要一份真挚的情,一颗真实的心,两个真诚的人。

回头看看,我们相识、相恋13年,坚持让我们拥有了今天的幸福。最初稚嫩的诺言,他曾说愿意等我10年,支持我所有的追求,我以为那只是儿戏,可时间证实了它的真实,尽管我们分分合合,可他坚定的等待,也让缘分再次眷顾了我们。

结婚后不久,我和老公便有了天赐的孩子,写这段文字的时候孩子已在我体内超过三个月了,初为人母的我内心既充满喜悦、好奇,也有小小的担忧。像所有的母亲一样,我好奇孩子的长相,担忧孩子的健康。空闲时总会浮想联翩,突然发现这条遐想的路是没有止境的,最后只压缩到一个最根本的愿望——就是希望孩子健健康康,能够拥有蒙古人强壮的体魄。

有时我想我能够给孩子什么?是一种性格、一种思维还是一份浓重的蒙古情结?仔细想想其实什么都不重要,有什么比拥有一个健康的身体更重要的呢?有什么比从事一份自己真心喜爱的职业更幸福的呢?有什么比找到自己所认为最值得爱的人作为终身伴侣更开心的呢？所以一切都随他(她)自己,只要他(她)热爱自然,热爱生命,乐观向上,任何一种生命旅程都是值得的,任何一种看世界的角度都是值得尊重的。

2013年4月,我怀孕7个月,开始休产假,难得在这个季节生活在陈巴尔虎旗,其间经常往返于陈巴尔虎旗和海拉尔,路过熟悉的巴尔虎草原,看着厚厚的雪在草原上慢慢融化。4月末的草原在雪融之后渐渐呈现出金黄色,我惊喜再次看到草原别致的色彩变化。巴尔虎草原以她依旧深沉的性格,漫不经心地展现给草原子女最真实的面貌。白雪刚刚融化的金黄色的草原,平静却充满着生机,在这个大地还没有真正温暖起来的时候,不时会看到一朵白色小花迫不及待地开放了。当你还在迟疑草原何时换装时,草原却在一夜之间长出一层薄绿,蒲公英的黄花也点缀其中。

在往返于陈巴尔虎旗和海拉尔的路途上,不只是有美丽的风景,破坏风景的化工厂也在其中。它带给巴尔虎人民的是对草原的担忧。众所周知,化工厂是高污染企业,在草原上建冷冰冰的化工厂根本不符合草原文化品味。化工厂永不停止的浓烟污染着草原的蓝天，日夜流出的废水直接流入公路对面的海拉尔河。殊不知整片呼伦贝尔大草原最珍贵的就是这条条的河流，污染了海拉尔河就等于污染了呼伦贝尔大草原的全部水源，她们条条相连，互相补给，共同养育着呼伦贝尔大草原，养育着这里的牲畜，养育着草原上的人。

水源的污染无疑是在宣告巴尔虎草原的毁灭正在悄悄地来临，是谁出卖了草原的未来，是谁不断伤着巴尔虎人民的神经，是谁毁灭着人民最朴实的希望？

在陈巴尔虎旗1.58万平方公里的草原上已有5个煤炭企业、两个化工厂。这两个化工厂均在巴彦库仁镇，相隔只有几百米，对利益的追求不会停止，会不会再出现新的化工厂？高耸的烟囱，刺眼的建筑，这些与草原格格不入。这里是人人羡慕的巴尔虎草原，这里是我国引以为豪的北方生态屏障，我们有什么权利去破坏这天然的生态和美景。看到这些不懂得珍惜自然生态的行径，我会觉得或许自然对于人类太过于仁慈了，破坏自然生态的人根本不配拥有美好的自然。

2013年5月5日,我提前一个月产下宝贝女儿。生产的痛是其他的痛都无法比拟的,生产后的喜悦也是其他任何事都无法与其相提并论的。

当了母亲也就意味着此生多了一份无法割舍的牵挂。在父母的眼里我还是个孩子,他们担心我无法承受痛苦,他们怕我无力面对生活的困难,其实在生下宝宝的那一刻,我多了勇气,多了耐心,也多了忍耐。因为我心中多了这个小生命,我愿意为了她变得更加坚强,变得更加强大。

从当年的情窦初开到今天的已为人母,时光匆匆伴随着我的蜕变,有些东西变了,有些则永远不会变。不变的是对生活的执着,对幸福的渴望,对亲人的牵挂,对理想的精心呵护。

或许生命的每一次成长都带有疼痛。婴儿伴随着母亲刻骨铭心的痛楚来到这个世界,新生命所带来的欢愉可以令每一位母亲忘记这疼痛。从痛楚到欢愉的母亲体会到了前所未有的对生命的坚定与珍惜,坚定了此生活着的责任、珍惜眼前的平安幸福。

新生的生命同样需要从一次次的疼痛中开始成长。无论这个生命有多少人爱着,每一种痛都无可替代,从第一次艰难的呼吸到第一颗乳牙的萌发,每一种痛他都不会错过。为了生命中的一次次喜悦,必须逾越那一次次的痛楚,而疼痛一定会带来自然的成长。

为了体会完整的人生,就必须接受生命赋予你的所有角色,从第一次成为女人,到第一次成为母亲,不管是被动成长还是主动长大,角色的转变都伴随着心灵成长。生命的神奇在于它难以言表的滋味儿,生命的意义在于它无法割舍的责任,能够体味这滋味儿,能够扛起这责任便是一种幸运。

五

2013年6月21日,产后不久的我有幸参观了由呼伦贝尔宣传部主办的七色的神鹿——敖鲁古雅使鹿部落猎民画展。著名的台湾蒙古族画家、作家席慕蓉老师前来参加了画展的开幕仪式。席慕蓉老师是我最喜爱的诗人,也许是因为拜读了许多她写的文学作品,虽然是第一次见到她本人,但没有丝毫的陌生感,只是更加肯定了我对她的认识——优雅、从容且谦卑。

从席慕蓉老师的作品中我读到了她深深的乡愁,感受到她对整个人类的大爱,她对敖鲁古雅使鹿文化的关注正体现了她的大爱。在接受采访时,当主持人问到使鹿文化的画作对于今后的意义时,席慕蓉老师缓缓地说道:"我希望这些画对于现在就有很大意义,不是到多少年以后来追忆这种生活。就是说现在还来得及,来得及保护,来得及尊重。不管是现在只有200多人的鄂温克敖鲁古雅部落,还是哪怕只有20人,甚至是两个人的部落,也要让他们过自己想过的生活,这才叫做文明。文明不是说我的生活很好,我拉你来过和我过一样的生活。或许他们的生活是艰苦些,但他们的精神生活很丰富,这点从唯佳的画中可以体现。"

席慕蓉老师还提到,她曾在教材中看到关于这个民族介绍,说这是个"古老的、落后的"民族。说一个民族是"古老的",我们可以理解,可说一个民族是"落后的",就有失水准了。教科书本身就很狭隘了,文明的最终结果不是让所有人都过一样的生活,而是让所有人都可以过自己想过的生活。

"不同的生存环境有着不同的价值观,不同的价值观有着对成就感的不同定义,我们不能用我们城市人所谓的'成功'来定义所有人。"席慕蓉老师对民族文化的尊重以及对文明的理解让我由衷地钦佩,因为无论是对自然还是对文化,她都拥有一颗谦卑的心,所以,她才能够接受不同民族的文化并尊重他们的习俗。是啊!文明不是让所有民族都过一样的生活,如果一个民族的文化消失了,一个民族的子孙后代看不到自己民族的习俗了,那文明也变得苍白无力了。所谓文明不是追随特定的规则,而是理解他人,时刻向着有阳光的方向思考,没有人可以将自己的规则称之为文明,而盲目指责和贬低他人的行为本身就不文明。

后来我看到了席慕蓉老师提到的音像教材,资料中讲到"鄂温克族过着极为痛苦的生活"。何为痛苦、何为幸福?我想制作这个音像资料的人在这个问题上有失偏颇,并不是谁的物质生活好谁就幸福,所谓优越的生存条件只存在于人们对物质生活的追求中。人们吃得饱、穿得暖,又生活在美丽的自然环境中,就不能说这是痛苦。因为这不是你的生活,你没法理解这里的生存法则,你习惯了以无限积累自己的财富换来一种平衡,无法体会满足基本需求以后别无所求的心境。

鄂温克人民值得尊重,他们的狩猎技能满足了他们的饮食需求,森林与他们互相依存。鄂温克民族与森林共生存的岁月中没有对森林的破坏,可当带有强烈物质欲望且没有准则的人来到森林以后,森林对于他们来说不是神秘可敬的,棵棵树木对于他们来说只是利益的象征。森林被破坏后,朴实无求的鄂温克人民成了唯一为此事买单的人。由于森林被过度砍伐,以保护环境的名义,鄂温克奥鲁古雅部落被劝说着搬离森林过起城市的生活,难道我们的文化不允许有不同的生存模式存在吗?一定要如同大多数的人一样过着所谓城市的好生活吗?如此千篇一律的生活,了无新意的价值追求,让我们丧失了多少创造的源泉。我们不仅复制别人的生活,还要阻止那些不愿复制的人过自己的生活,或是诱导他们过同样的生活。

　　人类是自然链条中的一员,对自然不能贪婪,不能有超出基本需求的欲望,无论是在森林里还是在草原上,人类应像其他自然界的生灵一样,一切活动只为最自然的生存,才不会超出自然承受的度,才会保留自然美景。

第三章 姓氏

一

蒙古语属阿尔泰语系,在书写上有自己的独特形式,从上至下、弯弯曲曲的蒙古文字与其发音可谓是完美结合。蒙古语的发音需要非常灵活地运用舌头,发音中带有许多"r"的卷舌音。蒙古名字和蒙古的语言一样,音节较多,有时一个人名包含六七个音节。

许多人对蒙古人的名字都非常好奇,经常有人问起我关于名字的问题,在这里我将详细介绍蒙古族名字的类型和特点。

目前在中国内蒙古地区,蒙古人所使用的人名形式大致有 4 种。

第一种是带姓的蒙古名字,也就是姓加名,这里所指的姓是蒙古的姓氏,即是有很多音节的那种,与汉姓有很大区别。姓加名,这在汉名字中是最普通不过的,可目前在内蒙古地区使用这种完整的连名带姓的蒙古名字则是很少的一部分。

呼伦贝尔境内的巴尔虎部落蒙古人的名字就属

于第一种类型。目前生活在这里的巴尔虎部落人口共 3 万人,居住在陈巴尔虎旗的约 1 万人。

整个呼伦贝尔共有巴尔虎姓氏 63 个,其中在陈巴尔虎旗共有 18 个巴尔虎姓氏:齐布沁、西日奴德、胡日拉德、额热根、哈日奴德、都日拉格钦、吉勒格莫格、乌里扬汗、乌里雅德、哈西奴德、西莫西德、哈日图乐、巴金达日、嘎巴西古德、包金古德、胡布图乐、陶布求德、贵乐格钦。其中 7 个姓氏:齐布沁、西日奴德、胡日拉特、乌里杨汗、胡布图乐、包金古德、乌力雅德是同新巴尔虎左、右旗共有的,其余 11 个姓氏是陈巴尔虎旗独有的姓氏。

新巴尔虎左、右旗共有巴尔虎姓氏 52 个,去除 7 个共有姓氏,其他 45 个姓氏是新巴尔虎左、右旗独有的:奎车里克、嘎拉朱特、沙雷特、呼佳、哈格楚德、豪恩登、撒日塔库勒、吉克忠、哈嚷兀德、哈勒斌、查干奥如克、达楞古特、朝楚力克、额齐特、呼和海塔勒、敖都古敦、哈日嘎纳、塔布囊、包尔吉勒、朝毫尔、伯青德尔、鄂里木苏、察哈台、豪吉尔察哈台、铁木尔钦、呼和努德、哈勒斌、哈希努德、乌准、郭齐特、查干兀热、包登古德、腾贵特、诺木钦、卓尔贡、康锦、阿巴嘎楚勒、永舍布、达里敦、哈达克台、察哈尔、阿拉贵、乌里特、鄂里木苏、花赛。

除了生活在呼伦贝尔境内的巴尔虎人,还有巴尔虎人生活在乌鲁木齐、南山、北京、克什克腾旗、镶黄旗、巴林左旗、巴林右旗、沈阳、大连、讷河、齐齐哈尔。蒙古国的乌尔嘎马勒、桑特马尔嘎茨、伊和乌拉苏木、乌兰巴托、巴彦查干、巴彦、古尔班嘎勒、呼伦贝尔苏木、乌拉巴彦也有巴尔虎人的聚居;在俄罗斯的乌斯季巴尔古津、库鲁莫卡尼斯库克都等也聚居着巴尔虎人。蒙古国境内存有的巴尔虎姓氏30多个,俄罗斯境内的巴尔虎姓氏有10多个。

古老的巴尔虎部落蒙古人,长年生活在呼伦贝尔辽阔的草原上,地广人稀的地理条件和传统的生活方式使得巴尔虎部落保留了传统的蒙古姓氏。尽管巴尔虎部落保留了传统的蒙古姓氏,但他们的姓却在日常生活中很少使用。这是由于互相比较熟悉,就简单地只称呼名字,再加上蒙古姓氏的音节较多,姓加名连在一起使用,在日常生活中显得过于繁琐。

第二种同样是带姓的蒙古名,但其姓氏却不是完整的蒙古姓氏,是将蒙古姓氏简化成一个字的汉姓,名则仍是蒙古名。

简化成汉姓的蒙古名字有两类形式,一类是将汉姓与蒙古名连在一起使用(写在身份证和户口上)。例如白萨日娜,"白"这个姓是从蒙古姓"查干"演变过来的,"查干"蒙语意为白色,便简化成汉姓白,"萨日娜"意为花朵。

还有一类是并不将汉姓与蒙古名连在一起使用。例如我的名字旭日高娃,这四个字都是我的名,"旭日"意为海底的红珊瑚,"高娃"意为美丽的,连在一起就是美丽的红珊瑚的意思。我的姓则是包,是从孛尔只斤氏简化过来的,取"孛"字的谐音,目前蒙古族姓氏中姓包、宝、鲍、孛的,都简化自孛尔只斤氏。

我的姓并不在生活中使用,也没有使用在我的任何证件上。爷爷的名字有更多音节——额尔敦都贵,"额尔敦都贵"蒙语意为元宝,他的姓同样没有在生活中和证件上使用。

最早使用简化汉姓的蒙古人与当时所生活的地

域有关。生活在漠南科尔沁草原一带的蒙古人(今通辽、赤峰),由于所处的地理位置,先是在清朝经历了满化,后来又经历了很深的汉化。目前在科尔沁一带生活的 200 多万蒙古人,这些蒙古人的姓氏几乎都是被简化的,例如吴、白、孟、何、王等都出自简化的蒙古姓氏。名字的汉化程度同那里消失的草原一样,就如原来的科尔沁草原现亦更名为科尔沁沙地,草原消失了,其文化也将逐渐消失。

第三种蒙古名字是将父亲的名字放在自己名字的开头,当作姓氏,就是谁家的谁。这种名字是目前使用最少的一类形式,在名字前以父亲的名字作为姓氏的蒙古名字共有两类形式。

一类是将父亲的名字简化成一个字放在名的前面,例如:呼·巴特尔。"巴特尔"是蒙古语英雄的意思,在蒙古名字中是非常常用的男孩儿名,遇到重复的人名时,为了区分,特意将其父亲名字的头一个字放在名字前。呼·巴特尔的"呼"便是父亲"呼日乐"的缩写。

另一类是将父亲的全名当作姓来使用。这两类姓名容易同真正的蒙古姓氏相混淆,用一个字作为姓氏的可能是父亲的名的缩写,也可能是蒙古姓氏的缩写;用父亲的名作为姓氏的也容易同真正没有缩写的蒙古姓氏相混淆。

第四种是完全使用汉名的形式。这类名字是一个蒙古人汉化的最为明显的表现。

60年代的蒙古人使用汉族名字很大一部分原因是蒙汉通婚,父母大多给孩子起汉族名字,并上汉文学校。被汉化的孩子对蒙古族文化了解极为有限,大部分不会讲蒙语,更不懂蒙古文字;有的会讲一些蒙古口语,但同样不认识蒙古文字。当然,每一位家长在为孩子选择母语时都会顺其自然地选择自己熟悉的语言。

例如我爸爸和他的弟弟妹妹都被起了汉族名字:包某某;妈妈的兄弟姐妹也同样都是叫白某某。我的爷爷是蒙古人,说蒙语、写蒙文,奶奶则是汉人。当然单纯就起名字来说,它与父母所受教育、文化有关,而对于民族来说与社会环境、时代背景有关,存在一种趋势,也存在一种择优态度。

二

姓氏的使用状况能够反映出风俗、信仰的传承情况。蒙古族最为传统的信仰行为就是祭祀敖包,向长生天祈求平安、兴旺。虽然祭敖包活动在内蒙古自治区的每个地方都有,但像巴尔虎部落这样仍保留着以家族姓氏为一个集体的有规律的祭祀敖包活动已不多见了。至今仍使用蒙古族完整姓氏的巴尔虎部落,对于祭敖包活动极其重视。

巴尔虎部落的每个姓氏至少都会拥有一个自己的敖包,有些大姓的家族会拥有几个甚至十几个敖包。敖包的名字与姓氏相同,也就是说祭同一个敖包的人都属同一个姓氏,在巴尔虎部落同一个姓氏的人就表明彼此是亲戚。例如老公的名字——呼思乐,蒙古语意为希望,他的姓氏及家族敖包的名字是齐布沁。

齐布沁姓氏在呼伦贝尔地区已有近三百年的历史,属于大姓,在呼伦贝尔境内共有四个敖包:呼德温都尔齐布沁、呼都格哈斯齐布沁(祭两个敖包)、海拉尔齐布沁(祭特尼河细流源头敖包)。老公家祭祀的是呼德温都尔齐布沁敖包,位于莫日格勒河西岸。"呼德"蒙古语意为草地、牧场,"温都尔"意为高处。

每年夏季,居住在呼伦贝尔地区的呼德温都尔齐布沁家族都会择吉日去祭祀敖包。祭敖包这一天要很早出发,有些路程远的族人会选择在前一天晚上就到达敖包的山下,在那里扎蒙古包住,第二天天蒙蒙亮时再一起向山上的敖包进发。敖包多建在附近草原的最高处,因为那是与长生天距离最近的地方。敖包是用众多石块儿堆积而成的一个圆形的石堆,每次祭祀时,族人们都会捡上几块石头放在石堆上,这样敖包就越堆越高、越堆越大了。祭祀敖包的人喜欢很早前去祭拜,这样更能表达虔诚之心,感激之情。

2013年7月12日,一年一度的齐布沁家族祭敖包活动隆重举行了,我第一次跟随老公参加家族祭敖包活动。一大早我们驱车从海拉尔出发,几经颠簸,翻越一座又一座的小山峰,终于在5点钟到达了目的地。

齐布沁家族的这个敖包地处周围草原的最高处,登上敖包山俯瞰山下,莫日格勒河的弯曲柔美一览无余。5点钟太阳已在东方渐渐升起,山下层层的轻雾还没有散尽,起伏的山峦陪伴着温柔的莫日格勒河,寂静的美景映射出自然的智慧。

几百年前巴尔虎部落的齐布沁家族的长辈们的精心挑选,让百年后齐布沁家族的人们依旧感激祖辈们留下的在美景包围下的敖包。相传,原本这个山坡不属于齐布沁家族,家族前辈们认定这是一处祭敖包的好地方,不惜用上百匹的白马换来这块圣地。他们当时的魄力之举给予了今天的子孙一片信仰的净土,一份心中的宁静。

敖包山对于蒙古人来说是神圣的。作为世世代代生活在草原上的人们,巴尔虎人熟知草原并与之共兴荣,他们选择了拥有最美景色的地方祭敖包,用古老、虔诚的方式感谢长生天,感谢草原,祈求着平安和风调雨顺。

祭祀敖包对于巴尔虎人来说是非常庄重的一件事,族人们都穿着传统服饰蒙古袍,郑重且严肃地前来祭拜。每家每户都会带上祭祀品,古时会隆重地祭牛、祭羊,还会请萨满女巫来与长生天通灵,以此来保佑草原风调雨顺、人畜兴旺。现在取消了萨满通灵仪式,不过仍延续了一些礼仪,比如每一位前来祭祀的巴尔虎部落齐布沁姓氏的族人都带上了祭品,有煮好的羊肉、羊头、奶茶、牛奶、炒米、饼干、糖块儿、白酒等,这都是巴尔虎人的生活必需品,也是千百年来生活在草原上的牧民的最好食物。

到了敖包山,首先是以各个家庭为单位,绕着敖包山走3圈,边走边将带来的祭品撒向敖包山,口中念着祈求的话语或是在心中想着自己的愿望;男士还要代替全家将祈福的哈达和彩条系在敖包中间的树枝上;之后全家来到敖包的正面,面对着敖包虔诚地磕3个头。

待各个家庭陆陆续续地祭拜完后,已是8点钟了,整个齐布沁家族开始集体的祭拜。所有人排成长长的一个队列,由家族长辈带领着绕着敖包走,祭敖包组织者用蒙古语高声念着祈福的词:"保佑家族的所有人身体健康;保佑家中的老人长命百岁、孩子茁壮成长;保佑草原风调雨顺、牲畜众多……"每念完一句,所有人都会高呼"呼累、呼累、呼累"。"呼累"的意思很难用汉语解释,它表达的是一种肯定,是祈福的呼唤。祈福词和"呼累"声交替,一直伴随祭祀敖包的人走过整整3个大圈。之后所有人都跪在敖包前,一起向敖包磕头,感谢长生天的存在,感谢长生天的保佑,祈求长生天在新的一年中带给齐布沁家族福气。众人齐跪在敖包面前祭拜,此时空气中瞬间产生肃穆的氛围,时间就此凝固,人们忘记了生活中一切繁琐的事情,仿佛此时每个人都得到了长生天的眷顾。

每一种仪式都寄托着某种情感,每一种信仰都应得到尊重。巴尔虎人对于敖包的敬仰之情是一种传承,是草原文化的传承。

共同磕完头之后,所有人盘坐在敖包前,手中拿着一件件贡品,再次齐声高喊"呼累、呼累",同时双手拖着贡品随着"呼累"声摇晃。这就是仪式的魅力,当所有人都在认真、虔诚地以同一种方式表达敬畏时,就可以产生一个强大的磁场。这不单单是与长生天的交流方式,也是族人内部的心灵沟通,互相认同,彼此相依。

敬供仪式结束后众人围坐成一圈,几人一组来分食带有吉祥之意的手扒肉和酒水。每个人心中都揣着美好的念想,享受着长生天祝福过的食物,对未来充满着期望。

一会儿,传统的祭敖包项目——摔跤就开始了,摔跤比赛在众人围坐的圈内进行。

摔跤比赛只分少儿、青年、老年这三个组别。各组内部就不再按体重分级别了。蒙古式摔跤,蒙语称为博克。这项运动的规则正应了自然界的生存法则,生存本身就没有这样、那样的分级,竞争也不会被规定范围。

选手们以雄鹰展翅的姿势入场,观众们也都兴高采烈地看得入神,不时报以热烈的掌声。最终的冠军会有奖品,所有参赛的博克手也会得到象征性的奖励。

摔跤比赛的参赛选手为双数,两人一组,获胜者留下参加下一轮比赛,通常冠军获得者要经过七八轮的角逐。摔跤场上选手都着传统的摔跤服,光着膀子直接穿上铜钉皮坎肩,蒙语称为召德格,小腿至膝盖戴上巴尔虎地区特有的用牛皮制成的挡板,蒙古语称为陶丽亚特。摔跤裤则是非常肥大的样式,大多选用颜色鲜艳、材质很薄的绸缎布料制成。

穿上摔跤服的蒙古男性,从入场的鹰步开始,展现出的便是男性本该有的气概。

从最开始严肃、认真的祭拜仪式,到后来的同族人围坐观看摔跤,吃着手扒肉,喝着美酒,眼睛所到之处尽是美景。大家都很珍惜这样一个活动。

同族的人们为了共同的心愿不畏路途遥远早早赶来,感谢、祈福以外,更多的是与同族人沟通,增进感情。

摔跤比赛期间,主持敖包仪式的人会宣读家族新增人数以及总人口,我们的女儿齐布沁·乌妮儿的名字也写进了齐布沁的家谱。目前胡德温都尔齐布沁共有157户,471人。

大约10点钟,在敖包山的活动已近尾声,大家开始自觉地收拾留在敖包山上的残余。看到这个情形我感到非常的欣慰,保护草原、爱护环境同样是长生天赐予蒙古人的美好品质,只有拥有这种品质的民族才能令草原长存,才配得上与草原共生存。

活动结束后每家每户驱车下山又共同前往另一个祭拜地点,那是一个小敖包,在紧挨着莫日格勒河边的小山坡上。人们同样拿着祭品撒向这个小敖包,祈求草原雨水丰沛,河流清澈长流。莫日格勒河就在脚下流淌,成群的羊和马正在河边饮水,羊群发出高高低低的"咩咩"声,此起彼伏,奏响着天然的和声。

这草原并不寂寞,生命的声音装点着草原的雅静,使得草原的每一处都充满了生机。

拥有信仰是一种幸运,更是一种幸福,有人说游牧民族所留下的文化很少,可时至今日,巴尔虎部落的信仰通过言传身教,在主流文化的冲击下,在现代文明的强烈同化下,还能这样一代一代地传承下来。看来身体力行的传承要比记在历史上更重要。

巴尔虎部落作为蒙古最古老的部落之一,在历史的长河中经历了许多磨砺,他们经历过战争,经历过家园破坏,曾经流离失所,也曾努力抗争,最终呈现给我们的是一个真实、动情的巴尔虎部落。如此古老且人数不多的部落没有被历史的洪流淹没,以最朴实的生活原则生存下来,在各种文化的强烈冲击下将最原始的巴尔虎游牧文化和民族信仰保留下来,能让我们这些后代依然可以从巴尔虎部落家族祭祀活动中了解到蒙古人的信仰,这是一个部落的幸运,也是蒙古人的幸运。

三

蒙古人的名字在中国经历了一系列的汉化过程,

蒙古人中所有以单独一个字作为姓氏的,都是由原本蒙古姓氏简化成汉姓氏的。不可否认,名字的简化说明了文化的流逝,而蒙古文化的流逝,与其说是时代造就了现状,不如说作为蒙古人,我们对自身文化的认知有很大的缺失。对于现状我们有过深层次的思考吗?姓氏的简化只是文化流逝的一个表现,如同姓氏一样流逝的是更深厚的蒙古传统、蒙古历史还有蒙古精神。

就以我的家乡为例,在陈巴尔虎旗当地,并不是所有蒙古族的孩子都选择上蒙古族小学,就像我和妹妹从小都上的汉族小学,还有家中所有叔叔姑姑们的孩子都上的汉族小学。这种现象在当地已很普遍的了,而其原因我想是因为孩子父母那一代已经是汉语授课了。例如我的妈妈从小也是汉语授课,她可以说蒙古语,但不会蒙语文字;爸爸则基本不会说蒙语,我的叔叔、姑姑们也都不会说蒙古语。这也注定了我、妹妹,还有表兄弟姐妹们也不会说蒙古语,也将进入汉族小学。

父母在为孩子选择上蒙语小学的时候总会有所顾虑。上了蒙语小学,孩子以后上大学无形中就少了

姓氏

太多的选择,在国内可以蒙语授课的大学屈指可数。即便是上了蒙语授课的大学今后就业同样是个问题,在中国有哪家公司会选择一个汉语说不好的人作为员工?在如此竞争激烈的社会环境中,无形的差距就可以让人找不到理想的工作,更何况这种摆在明面上的差距呢!

我们可以从现实生活中看到,一股强大的汉文化洪流正在吞噬着蒙古文化,而最可怕的是相当一部分的蒙古人对于自己文化的大量流失不仅是无动于衷,反而还身体力行地加速自身文化的消失。这种现象源于他们对自身文化的不了解,也源于对外界文化的不了解,这使得一些人盲目地丢弃自身的文化,跟随一种大一统文化。文化本身并没有优劣之分,每一个民族的文化都有其独一无二的特点,文化的独特之处一部分源于一个民族的历史,一部分源于一个民族的生存方式和信仰,而盲目地混入一种文化洪流,丢失了自己的传统文化,这种无意识的同化过程也终将造就一个可悲的现实。

不过,无论一个蒙古人使用的是汉名还是蒙名,不管其儿时有没有学习蒙语,对自己民族的文化了解多少,总会在成人之后主动去寻找自己的根,总会在成熟之后不断地向自己的根靠拢。

就说在成人蒙语学习班上,中年以上的学生和年轻学生的数量几乎持平,甚至还有几位花甲老人。这状况令我很惊讶,我没有想到会有这么多的蒙古人主动为自己补课,不光为自己,更为了后代。看来每个人无论年龄大小都有欲望去了解自己的文化,了解自己的民族。

对于蒙古语的学习,我从未像现在一样拥有如此热切地渴望,可能是年龄增大的缘故,也可能是之前有各种各样的学习压力,忙着学其他需要考试或是需要使用的语言去了。非常感谢中央民族大学每星期一次的蒙古语学习班,我也非常珍惜这每一堂课。在第一堂课的自我介绍中,有一位60岁的学员说:"想学蒙语已经很久了,终于在60岁这年找到了这个学习班。"他的心情我深有体会。

对自身文化深度的缺失同样会迷失自己。对于一个民族的了解,语言是最重要的途径。语言可以反映一个民族的性格,若要真正了解一个陌生的文化,语言是首先要跨越的关口,跨过这个关口,语言则变成了能够深入了解文化的一条捷径。

尽管从小在汉族学校上学,但我非常庆幸爷爷给我起了这个非常传统的蒙古名字。高娃这个名字,在当地使用率非常高,长辈总会给女孩子起这个名字,例如:苏伦高娃、乌云高娃、萨仁高娃、奥仁高娃、恩高娃、斯琴高娃等,也有只叫高娃的女孩。美丽的红珊瑚,这是一个充满诗意的名字,海底世界本身就充满想象,美丽的红珊瑚更是一种美好的向往,也是一种幸福生活的象征。

我非常喜欢爷爷给我起的这个名字,尤其是在外地上学的时候,因为名字的特别总会引起更多的注意。爷爷在我很小的时候就去世了,我对爷爷没有什么印象,在我整个成长过程中,也不曾有过他的零星记忆。在我看来,他留给我最珍贵的东西便是我的名字,这个会伴随我一生的名字。说来也有些奇怪,爷爷给他自己的儿女起的都是汉文名字,可却给在他已经身患疾病时出生的我起了个最传统的蒙古名字。

也许爷爷也是那些到了晚年开始寻根一员,给他的孙女起一个传统的名字似乎是当年身患疾病的他唯一能做的。

每一位蒙古人,不管是不是拥有完整的姓氏,总会感受到体内浓烈的蒙古族血液,都在以合适的方式寻找自己的根,并向根靠拢。

我确信,一种语言便是一种思维方式,它有时会决定一个人的生活和成长方向。对自己民族语言的熟练掌握是保留民族文化的重要行为。

四

在中国,蒙古名字的形式并不统一,这种形式上的模糊也给实际生活带来了诸多不便。例如,我国的身份证上姓名是写在一起的,没有明确分开,这对于汉名来说没有任何问题,因为汉名先是姓,然后是名。而蒙古人很少将姓用于日常生活中,因此大多数蒙古人的身份证上就只写了名。在国内使用没有任何问题,因为国内很少将姓和名分开来填写、使用。但去其他国家,就存在许多不便之处。

2008年,我在内蒙古呼和浩特市出入境管理处办理了护照。这里是内蒙古自治区专门办理护照的地方,按理说应该对蒙古名字很熟悉。可惜在没有询问的情况下,工作人员直接将我的名字"XURIGAOWA"打在护照上姓的一栏,将一个可笑的"XXX"打在我的名的一栏。实际上正如我前面所说,旭日高娃是我的名,而我的姓是包,就是这样,一本姓和名都错了的护照我一直使用到今天。当时办理出国手续时间紧张,又没有这方面的经验,也不知道这姓与名的问题在出国以后会这么麻烦。为了与我的护照相匹配,我必须将我外文资料上所使用的名字同护照保持一致。在德国时的学生证、签证、银行卡等所有大大小小的证件都使用了这个错误格式——姓XURIGAOWA,名XXX。

在国外,几乎所有人看到我的证件都会产生疑问,无论是大事儿小事儿,只要是出示证件就会问关于我名字的问题。大到在移民局办理签证,在银行申办银行卡,在学校注册,小到租房签合同、机场换登机牌、琴房换钥匙等。"怎么你没有名字吗?""请问你的名字3个X该怎么念?"每次我都得解释一长串,什么办证时候写错了,什么原本在我们那身份证上没有将姓和名分开等。也想过将自己的护照改过来,可又想,要是改了护照,其他所有证件都要再更改,总觉得有些麻烦,所以至今都没有改。我想此类问题一定不只是我一个人的麻烦,也许有许多同我一样的蒙古人都遇到这样的问题。

在这里提醒国内的蒙古族人在办理护照的时候一定要想到这个问题,以免出国后引起不必要的麻烦;而相关部门也应该有专门针对少数民族名字的一个说明,提醒告知申办者此类问题,而不是想当然地认为这样写就是对的。

中国是多民族国家,56个民族,每个民族名字的形式都不尽相同,还有一些民族的名字正处于汉化的过程中,处于一个不甚清楚的阶段。有关部门应该针对不同民族的名字给出一个合理的方案,并提倡保留原民族名字的特殊形式。在办理护照等重要证件时,对于蒙古族、藏族、回族等有明显姓名特征的民族应有一个明确、正确的填写模式。

五

巴尔虎部落蒙古家族,无论是从生活方式上,还是所受的教育上,就如同呼伦贝尔大草原一样保有可贵的、最原始的纯正。在如此强大的外来文化的冲击下仍能够保留巴尔虎的风俗和蒙古族的传统实属不易。

使用完整蒙古族姓氏的巴尔虎蒙古人,从出生开始就参加类似祭敖活动的传统活动。没有出生在像陈巴尔虎旗这样拥有浓重的草原文化地区的孩子们,缺少的不单是一个完整的蒙古族名字,还少了一个饱含蒙古情节的环境。

我想蒙古文化的发展离不开像巴尔虎这样古老、纯正的蒙古部落的影响,巴尔虎部落的古老文化给了许多像我这样愿意寻找和追溯蒙古文化的人一个回归的渠道,让我们有迹可寻,有物可见。起码巴尔虎的文化还存在于这美丽的巴尔虎草原之中,起码还有一个蒙古部落,作为草原上最浓烈的血液生生不息地流淌着。

人们对于蒙古人的评价褒贬不一,有人赞美蒙古人勇敢,曾经所向披靡;有人认为蒙古人野蛮,所到之处只有杀戮。可不管怎样,在整个世界的历史进程中,蒙古人在成吉思汗家族的带领下,在世界历史这个庞大的舞台上曾上演了让全世界都无法忘记的百年剧目。蒙古的庞大帝国为世界文化融合起到了推动作用,蒙古帝国的广阔疆域让世界文化真正的相互交流。蒙古帝国的衰退有诸多原因,其中最重要的不过是每个王朝最终灭亡的原因,即是内部的腐化。

如今散落在全世界的蒙古人,每个人身上都有着一段历史,让人充满好奇。他们如何就生活在了自己所处的地方?他们的部落在动荡的历史进程中是怎样存活下来的?现在的他们是否对自己民族历史有所了解?是否面临着与我们同样的问题?他们的名字也如同我们的名字一样一部分与当地同化、一部分保留传统吗?他们是否也同样在文化、民族的交融中混淆着自己的传统?他们是否依旧热爱着自己的民族……

贝尔 摄

巴彦库仁镇 贝尔 摄

贝尔 摄

贝尔 摄

贝尔 摄

贝尔 摄

贝尔 摄

贝尔 摄

第四章
巴尔虎婚俗

一

从小父母就开了餐馆,从1994年只有4张桌子的小餐厅到现在能容纳近百桌的龙云大酒店,这是爸妈近20年的心血。

每年都会有很多场婚礼在龙云大酒店举行,新人们在这里向亲朋好友宣告他们在一起。

巴尔虎人非常重视婚礼的程序,这些流传了千百年的传统程序除了有着清晰的婚礼步骤,还有丰富的寓意,包含了最淳朴的巴尔虎民族风俗,也蕴含着巴尔虎人对生活的热爱和对未来的美好期望。

巴尔虎民族婚礼的程序通常要经过四个步骤:说媒、定亲、过礼、娶亲。

近代的巴尔虎婚礼,虽然没有严格、明确、正式地遵守传统的步骤,但还是可以从一系列的形式中看到传统婚礼程序的影子。

当一对儿青年男女相互中意并想组建家庭时,首先男方的兄长或父母的好友去拜访女方的家长,前来说明两个孩子想组成家庭的意图，并了解女方家长是否同意孩子们的结合。这类行为是从巴尔虎古老的传统婚礼说媒的民俗中延续下来的。

拜访完女方家长，若他们对孩子们的事表示同意，接下来男方的父母便会择日正式地拜访女方的父母，算是提亲。男方的父母在提亲时，要带给女方家老人和父母一些礼物，以表尊敬。还会用白色的哈达包上一些贵重的物品，作为送给女孩儿的一份正式的礼物（以前古老的形式是根据个人家庭情况适当地给女方家一些牲畜作为聘礼），又叫见面礼，也算是古时过礼这个环节的一个延续。

女方家长则准备丰盛的菜肴招待准亲家，通常一定要准备新鲜的手扒肉来招待男方父母及家人。酒席上双方家人会共同商量来选择吉利的日子作为婚礼之日，定好了日子，定亲之事就算圆满完成了。接下来就是最后一道程序娶亲了。

与汉民族的发婚礼请柬来邀请亲朋好友有所不同，古时的蒙古族婚礼是不需要请柬的。有时递一支烟就代表受到邀请，而远近的朋友，只要听说谁家的儿子要娶亲或是女儿要出嫁,就会主动打听好日子前来参加婚礼,与新人的家人共同庆祝,不会计较是不是被忘记了通知。婚礼对于巴尔虎人来说是非常重要的日子,通常都会庆祝三天三夜。

二

载歌载舞和杀羊宰牛是蒙古婚礼的主要庆祝形式,也是一种表达喜悦心情的方式。

蒙古人具有与生俱来的歌唱天赋,流传着"草原上从不缺歌手"的说法。我的一位德国老师在为期一周的呼伦贝尔之行后感叹:"为什么在这里,几乎随便一个人,在吃饭之余,站起来就可以来独唱几曲呢?"我想,这便是蒙古人的不同之处,也是蒙古人特殊的情感表达方式。朋友们在一起吃饭,高兴了,就一定要献唱一曲,再高兴了,就要跳舞,值得一提的是歌唱和跳舞都是人们自告奋勇地表演。这样的情感表达方式感染着每一位远道而来的朋友,他们总能从歌声中感受到蒙古人的热情和柔情,并同这歌声产生共鸣,也许在辽阔的草原上听到的歌声总能轻易地闯进你的心底。当然了,有什么比歌声更能感染人的呢?正所谓音乐无国界,无论你来自哪里,是什么民族,使用哪种语言,演唱什么类型的歌曲,每个人似乎都能理解音乐曲调中所表达的朴实、动人的情感。

草原上的人从孩提时就拥有漂亮、结实的声音,高音嘹亮,中低音浑厚,富有浓厚的情感。这种独特的声音从来没有经过任何训练,很大程度上是源于蒙古人拥有天然且辽阔的歌唱舞台——草原。草原无比空旷的自然条件,会挥发一部分音量,即便是唱给自己听也要用很多气和力量,久而久之,歌唱者气息就会越唱越足,声音也会越唱越嘹亮,传得也就越来越远。再加上大草原人烟稀少,唱歌只是有感而发唱给自己听,声音从一开始就真实从容许多,少了那些不必要的紧张、做作。

当一种声音只是为了愉悦自己的心情,安抚自己的心灵,抒发自己的情感,它自然是最舒适的,最能够轻易触击心灵、真正打动人的。草原日常生活的现实需要也是造就蒙古人歌唱才能的原因之一。草原上的牧民常常需要远距离与家人相互呼唤,也常常需要使用特殊的声音指挥成群的牲畜,这就要求声音要极具穿透力,不是使劲儿地喊,而是向着遥远的地方呼唤,声音悠长、浑厚且缓慢。经过观察你会发现,在草原上生活的人,不论男女,很少有人说话细声细语的。他们虽然有时候少言寡语,可说话的声音都是中气十足。

其实无论生活在哪里,无论是大草原还是繁华的都市,人的情感都是相通的,那份简单到不能再简单的心境,那份每个人都会有的孤独感,那份与身边最亲切的人的情感,我想这些都是一样的。可这些情感为何在生长在草原上的牧民的歌声中感受得更真切呢?也许是我们忘记了静静地体会自己,忘记了用心感受亲情。

可以想象一下,在草原上,一个人赶着成群的羊,每天在天蒙蒙亮的时候就出发,骑着一匹马向着远处水草茂盛的地方去,到了傍晚时分再将吃饱了的羊群赶回来。一整天一个人面对的只有羊群,当然还有这蓝天、白云、绿草、花儿,牧民为了消磨时间,时而闷声哼唱,时而放声歌唱。过去唱的歌通常都是从家人那儿学来的传统民歌。现在就不同了,牧民在放牧的时候会带上收音机,跟着收音机学唱各种歌曲。不管是从前从老人那里学来的巴尔虎民歌,还是如今通过收音机、录音机或是手机等高科技学来的各式各样的歌曲,在这里的听众是草原,还有草原上的一切生灵。不过最重要的原因,应该是蒙古人天生热爱音乐的本性。他们心中充满着美好,身上带有灵性,所有的情感都能用歌声表达出来。

我有幸听到一些生长在草原上的蒙古人的歌声,就先说我的婆婆,曾听她唱过一首关于母亲的民歌,那曲调的抑扬顿挫、那情感的真挚,不止感动我一人。还有许多生长在草原上的孩子唱得都非常好,或许在孩子心中这草原更为纯洁,从他们的歌声中能听到一种无修饰的纯粹。

这几年深受大家喜爱的呼伦贝尔五彩儿童合唱团的孩子们,大多数都生长在大草原,是牧民的孩子,是真正的巴尔虎儿女。他们没有经过任何的音乐训练,可歌声却让许多音乐家们都留下了感动的眼泪。

有人形容这些孩子的声音是天籁之音,这个形容毫不夸张。这些孩子用最朴实的声音唱出了人类共有的情感,他们是少不经事的孩子,却唱出了人间的真情;看似单纯的生活经历,却给了他们最直接的心灵触动。单单从他们的声音中,成人们的心灵就能得到净化,无需语言,无需画面。我不禁自问,是什么让一个十几岁的孩可以唱出这般心境?是什么让听者如此震撼?有人此生奋力追求的,却自然地流露在一个孩子的歌声中!

是马背给了这些孩子最自然的音乐节奏,是草原给了他们最朴实的音乐旋律,这里的美不是绚丽的昙花一现,而是永恒的朴实之美。我想就是这样的一种真实亘古不变地感动着人类,感动着你我。

为了表示对前来参加婚礼的亲朋好友的感谢,婚礼之前都会杀羊宰牛。

杀羊是巴尔虎男儿必须学会的本领,其实并不是学,就像蒙古人骑马一样,是从小在耳濡目染下自然而然就掌握了的生活本领。每个蒙古男人都是不知从何时起就熟练掌握了这一本领。男孩儿们也许是在一次次看着父亲熟练的杀羊手法时学到了精髓,也或许是在父亲每次杀羊时都会有意让孩子来帮忙的实践中慢慢掌握的。不管是有意还是无意,巴尔虎男儿个个都是杀羊的好手。

在巴尔虎流传着一句关于巴尔虎男人杀羊技术的赞美语:"杀羊不见血,扒皮不用刀。"整个杀羊的过程是看不到一滴血的,巴尔虎人杀羊时非常忌讳鲜血四溅,杀羊也从不在羊脖子上动刀。也许大家都会认为杀羊过程一定是又复杂又混乱,可当你看过巴尔虎男人杀羊后你就会完全改变这个看法。在蒙古人眼中,掌握杀羊的本领被看作是蒙古好男儿的标准之一。

小的时候,每到重要节日或是家中遇到什么喜事,爸爸都会用杀羊来庆祝。记忆中可以清晰地浮现爸爸熟练又迅速的杀羊过程,干净利落。我清楚杀羊的每一个步骤,只是从没有实践过,如果我是男孩子,也应该已经掌握了这个本领。每次爸爸杀羊,我和妹妹都是焦急、高兴地等待着,等着吃新鲜的手扒羊肉,等着吃爸爸亲手灌的血肠。至今想起,还能感受到当时的欣喜、激动的心情。

三

巴尔虎蒙古族传统服装和配饰是婚礼中又一道惊艳的风景。巴尔虎部落服饰有自己部落服饰的典型特征,在所有重要场合中都要穿上自己部落最具特色的蒙古袍。婚礼上不光是一对儿新人,几乎所有前来参加婚礼的蒙古人都会身穿颜色鲜艳的传统服装。各式各样、五颜六色的蒙古袍无疑给婚礼增添了喜庆的气氛。对蒙古人而言,着传统服装不仅仅是为了喜庆,也代表对筹办婚礼的长辈和一对新人的尊敬。

传统蒙古服饰对于蒙古人非常重要,一切重要的活动都会以着传统服装为前提,严肃的也好、喜庆的也好,蒙古袍都是着装的不二之选。

作为风俗,在举办婚礼之前,男方家长要为自己的儿子和准儿媳准备巴尔虎传统服装——蒙古袍。我的婆家为我们准备了3套蒙古袍,一套是春秋穿的,一套是冬季穿的,还有一套是蒙古现代婚纱。这3套精美的蒙古袍真是令我爱不释手,可以肯定,它们永远是我衣柜里的最珍贵的服装。

蒙古袍制作精美，手工复杂，我和老公的3套蒙古袍是婆婆提前一年就挑选了布料并送到民族制衣店订制的。从前的婚礼衣服都是家中老人亲手缝制的，如今有了专门的民族制衣店，老人们就不费事儿自己做了，不过这种"省事儿"也在无形中影响巴尔虎传统工艺的传承。对于巴尔虎精美的传统工艺，以前几乎每家的女性都很精通，她们为自己、为家人缝制冬夏日常生活穿的素面儿的蒙古袍，缝制重要场合使用的华丽的蒙古袍；她们为家人缝制帽子、靴子、手套等；她们还要做动物皮毛制成的用品，例如羊毛制成的被子、褥子、蒙古包外用的毡子等。所有这些需要手工制作的东西都要靠家中的女性完成。如今会做这些工艺的巴尔虎人已不多，我们父母一辈的都会这手艺，80年代出生的巴尔虎姑娘几乎不会做了，更别提我们的下一代了。

巴尔虎部落的传统缝制工艺深深地吸引了我，婆婆订制的3套蒙古袍更是让我爱不释手。尤其是冬季的这身蒙古袍，其内里用的全部是产自当地呼伦贝尔的羔羊皮，我和老公的这两件冬季的蒙古袍共用了一百多张羔羊皮。一张张小羔羊皮精细地缝制在一起，肉眼根本看不出来缝制的痕迹。白白的羔羊皮，鬈曲的羔羊毛，让人看了就觉得暖暖的。冬季蒙古袍外面的面料通常是用尼料或是非常厚的丝绸料，与羔羊皮缝制在一起，又漂亮又御寒。羔羊皮柔软又保暖，非常适合冬季的草原。

我和老公的秋季蒙古袍是用藏蓝色的绸缎布料制成，上面配有黑色绒制的传统蒙古图案，布质的内里，当然不能少了蒙古传统的银扣。巴尔虎传统的女性蒙古袍肩部是从领子处直接顺下来的，与其他蒙古部落的泡泡肩或立肩有很大区别。这件蒙古袍，从颜色到布料都是非常精美的，而传统的样式更能显示其做工和质地。着蒙古袍腰间要配有腰带，有绸缎的，有皮质的，无论哪一种，女性都要将腰部束紧，男性要将腰带绑在肚子以下，胯的位置。

现代蒙古婚纱则完全是应年轻人的需求而产生的。蒙古袍的传统元素，主要显示在领子、绣口、肩部、腰部和蒙古袍特有的盘扣上，白色纱质裙摆则让婚纱的现代感十足。这种将传统的蒙古服装元素和现代西方的婚纱相结合的风格非常迎合年轻人的欣赏水平。这种使用蒙古服饰的基本元素与其他风格相结合的制作方法延伸出了各式各样的现代蒙古袍样式,虽然不像传统服饰那么耐人寻味,但也为传统服饰带来了新气息。一些年轻人会选择这些新式的蒙古服饰参加一些略为轻松的传统活动,也使活动的现场更加多姿多彩。

穿巴尔虎传统蒙古袍就一定要配巴尔虎的索海靴。索海靴是巴尔虎服饰中最具特色的,从前的巴尔虎人无论男女老少,无论春夏秋冬都穿它。一双漂亮索海靴要经过极其繁琐的制作过程。

冬季和夏季的索海靴在制作材质上有所不同。

夏季的索海靴靴底是牛皮,鞋面和靴帮是布制的。鞋底用的牛皮要经过好几道工序才能成为制作的原料。先将整张牛皮上的牛毛全部刮掉,再将刮了毛的牛皮晒一整个冬天,冬天过后,整张牛皮就会被晒成硬硬的;等到了春天土地开始松软的时候,将晒得硬硬的牛皮埋在潮湿的地方,让它吸收水分后再变软;这之后还要用专门熟皮子的工具不停地熟,用差不多 20 天的时间,将牛皮熟成光面儿,这才可以作为索海靴的材料使用。

索海靴布制的部分是先将一块白布剪出靴子所需的形状,再用白线像缝十字绣一样在布的表面不留间隙地缝上一层,这时布就厚实了许多;之后还会在靴帮儿的部位用彩色的线绣上喜爱的图案,通常都是颜色鲜艳对比强烈的花;待这些工序完成后,再用皮线(粗于缝制衣服的线)将牛皮底和加厚了的布鞋面缝在一起,牛皮底很硬,一针一针地仔细地将它们漂亮地缝在一起是一件很费力的事儿。

冬季穿的索海靴需要更加繁琐的工序。靴底的制作程序和夏季一样,靴面和靴帮则是用羊皮制成,熟羊皮同样是非常繁琐的工序。在羊皮上涂上酸奶,叠成长条形后左右不停地拧,然后用一个长条木头将羊皮的一头固定住,另一头对折挂在勒勒车的轮子上,向一个方向使劲儿地拧,到拧不动为止,再将长条木头别在勒勒车的轮子上固定住。一两天后再以同样的方式向另一个方向拧,看皮子的情况,一般需要反复几次。之后,再用一把大大的短齿梳子不停地梳羊毛,这样做可以将脏的、质地不好的毛都梳下去,最后羊皮上就剩下雪白的、毛融融的毛。用这种方式加工过的羊皮也可以做羊皮被、冬季的蒙古袍、羊皮手套、羊皮帽子等日常生活用品。冬季索海靴靴帮上的图案是用黑色的皮剪成喜爱的图案然后缝上去的。最后同样是一针一线地将牛皮靴底和羊皮靴帮缝制在一起。冬季皮质的索海靴里还要穿一双靴形毡袜才足够保暖,将羊毡对折后剪成靴子的形状,再将边缘缝起来就制成了羊毡袜。

一双索海靴原材料的制作时间就需要大半年,准备好原材料后,还需要非常精细的做工,靴帮上的图案更需要想象力。所以每一双索海靴都是一件艺术品,在日常繁忙的草原生活中,草原上的母亲精心制作出的一双双如此美丽的靴子,每一双都值得珍藏。

巴尔虎牧民喜欢在冬季为儿女举婚礼,因为相对于夏季,冬季的草原生活清闲一些。在冬季举办婚礼,着冬季的巴尔虎蒙古袍就一定要戴有强烈巴尔虎风格的手套。

巴尔虎手套不是五指手套,是大拇指单独一个,其他4个手指一个部分。手套一般用素色的呢料做面儿,在上面缝制各式的蒙古图案和花纹,若想做得轻薄一些,内里就用棉布,若想手套更厚、更保暖,内里就用羔羊皮。用羔羊皮做内里所制成的巴尔虎手套,小羊毛卷会漏出在手套口处,小巧精美,非常有蒙古特色。

小时候,邻居家的巴尔虎大娘曾送给我和妹妹每人一双她亲手缝制的手套。手套是用红色的缎子制作的,小的时候视这样漂亮的手套为珍宝一样,它那么炫目,我都不太舍得戴。妈妈至今还保存着我和妹妹的这两双手套,尽管颜色已不像印象中那么光鲜夺目,可它曾带给我的惊喜和珍贵的感觉至今仍在。

完整的巴尔虎服饰少不了各式各样的配饰,女性以头饰、首饰、腰带为主,男性则以佩刀、腰带为主。巴尔虎女性最古老、传统的头饰是像两条长长的牛角一样镶有绿松石和红珊瑚石的银饰品,从头顶的帽子上面向两侧脸颊的前边弯成半圆的弧形。因为银质饰品很宽、很长,有一定的重量,戴久了会感到脖子痛。结婚当日我身着最传统的巴尔虎服饰,佩戴了最古老的巴尔虎代表性头饰,感受了传统巴尔虎妇女出嫁的氛围。

蒙古刀是巴尔虎男人,也是每个蒙古男人最重要的配饰,是生活所需,也展示了一种民族性格。蒙古刀上挂有银链儿,银链儿的一端绑在腰带上,平常将刀别在背面的腰带上,特别要注意的是,当男子准备进入别人家的蒙古包中时,就要将别着的刀抽出来垂在腰带下,这样做是表示尊重、友好和绝无攻击性的意思。蒙古人在日常生活中使用刀的地方非常多,杀牛宰羊需要刀,吃手扒肉需要刀,建蒙古包时需要刀……蒙古民族或者可以说整个游牧民族,其生活本身相对于农耕生活来说具有更多的挑战性和危险性,久而久之便形成了蒙古人刚毅而带有野性的性格,随身带着刀的习惯也是其性格的体现。

四

2012年7月8日这天,我们的婚礼在陈巴尔虎旗龙云大酒店，也就是我父母的餐厅举行。尽管没有在草原上举行巴尔虎最传统的婚礼，但在我们的婚礼中依然保留了许多巴尔虎传统婚礼的礼节。

婚礼当天早上8点钟，新郎和他的家人一行7人着民族服装准时来到我家，准备将我接到他的家中。为什么是7个人呢？因为接亲的时候人数要是单数，接上我回去的时候就是双数了，即很圆满的意思。我此时也穿上蒙古婚纱，化妆师给我做了头型，从头到脚打扮好坐在床上等待着。家中的孩子们都会堵在门口，索要吉祥的红包，得到满意的红包后门口的防线才会松动，前来接亲的人要抓住时机拼命地挤进来，以求尽早接到新娘。进了家门后还要以同样的方式进入新娘等候的房间，边说服、边给红包，经过一段时间的坚持后防线就松动了。见到新娘后，新郎和新娘要一起面对新娘的父母，新郎要正式向新娘的父母鞠躬，并改口叫爸妈。新人会得到父母的祝福，然后吃下幸福的饺子，表示已成为一家人。

等在新娘家的一切程序都完成了，我随新郎，还有作为送亲的我的一些亲戚们，坐着男方家事先准备好的车队一同向男方家驶去。整个路上,婚车车队所有会遇到的桥都要事先由男方的家人铺上一条蓝色的哈达,两边固定住,车队要从固定好的哈达上面开过,当车队路过的时候,老公的婶婶身着蒙古袍,手拿哈达,将白酒倒满酒杯,虔诚地向天、地、远方洒酒,以求长生天对新人的保佑。

或许每一次人生的重要时刻,都会有无法克制的激动的眼泪。在我被新郎从家中接走的时候,父亲哭了,是喜极而泣,是由衷的不舍。时光匆匆,如今女儿出嫁了。每每看到这段被摄影师做进了结婚的纪念光盘中的画面,都能感受到一个父亲对女儿的真切情感。

进了新郎的家,先是最重要的改口仪式,新郎的妈妈、奶奶、姑奶、姑爷坐在一排,我与新郎站在一起,依次称呼他们,长辈也会准备一些礼品送给我和新郎,我们会得到长辈们的美好期望和祝福。新娘改口后要喝一碗家中的奶茶,吃一些家中的点心,表示自己已经是家中人了。然后由新郎的亲人将我盘起的头发辫成两条辫子,两条长辫子在巴尔虎部落的习俗中是表示已为人妻。这几项仪式完成后时间已近中午,家中所有人就乘车一同前往酒店,与所有前来祝贺的亲朋好友共同庆祝。

我的公公和婆婆都是地地道道的巴尔虎部落的人,是齐布沁家族和西日努德家族的结合。作为古老部落的两个先进青年,70年代结婚的他们怀揣着对未来的憧憬。巴尔虎草原地广人稀,50年代之前并没有受到外来文化的冲击,这使得巴尔虎部落保存了其古老的生活方式和民俗。在70年代,大部分的巴尔虎人依旧生活在草原上,过着最传统的游牧生活。公公婆婆作为少数接受教育的优秀巴尔虎人,走在当年时代的前沿。他们在城镇中接受着新鲜事物、学习着外来的知识。他们的年代是个神奇的年代,也是充满撞击的年代,他们既了解传统、可贵的巴尔虎牧民生活,又接受了外来文化的教育,而本身的生活模式也游离在两者之间。

70年代,巴尔虎地区物资贫瘠,在当时能有足够的生活用品已算是奢侈。在这样的背景下,公公婆婆的婚礼是极其简单的,1977年两个人在共同工作的地方赫尔洪德举办了婚礼。亲朋好友送来祝福,结婚礼物都是暖壶、杯子、床罩等物品。婆婆的妈妈为她亲手做了羊皮被和冬季蒙古袍,仅此而已。在物质极为短缺的年代,母亲对女儿的祝福全部凝结在这一针一线中。没有传统的蒙古族婚礼,只是一场那个年代的普通的汉族婚礼,只有婆婆的妈妈亲手做的那两件东西才有点蒙古婚礼的意思。

非常可惜,我的婚礼现场缺少了公公。2011年8月公公由于心脏病突发去世了,享年仅59岁。他没能参加我们的婚礼,同样也将错过我们今后生活中的种种欣喜和感叹。我与公公只有两面之缘,公公并不是健谈的人,但说话的声音却非常有力。公公叫呼格吉勒图,可以算是当代齐布沁家族中最杰出的人士。1952年出生在陈巴尔虎旗,1988年到1998年,任中共陈巴尔虎旗旗委副书记、旗人民政府旗长。在这10年间他为陈巴尔虎旗的发展做出了贡献,也见证了这里日新月异的变化。

如果一个父亲安然地离世了,那一定是因为他养育了一个可以担当的好儿子。老公与公公的父子关系特别好,离公公去世已时隔两年,可每每说起公公,老公的眼里总会含着泪水。爸爸永远是孩子最坚强的后盾,是一个家中的精神支柱,有爸爸在,一个男人可以还是个孩子,而当爸爸不在了,一个男人才从心底成熟了,多了更多的责任和可贵的担当。

这世间最令人伤心的事莫过于至爱的人离去,再多的爱已无法再给予,再多的情也只能是回忆。不管经历怎样的变故,时间依旧在流逝,生活依旧要继续。好在生活总需要人应对一件接着一件的事儿,经历过痛苦后依然要再次阳光地面对生活,因为身边还有很多需要自己去爱的人。

老公的奶奶(以下简称奶奶)帕格玛今年81岁,1933年奶奶出生在陈巴尔虎旗的西乌珠尔苏木。奶奶的父母都是草原上的牧民,她的爸爸在她4岁时就去世了,奶奶的母亲一人抚养了3个孩子。奶奶帕格玛的姓氏是乌里杨汗,乌里杨汗姓氏属于小户,全旗人数很少。

奶奶的一生经历了许多痛不欲生的事情,她送走了两个自己最亲爱的儿子,一位是她的大儿子就是我的公公,另一位是她的三儿子。自从奶奶的老伴儿在1984年去世后,奶奶一直坚持一个人生活,没有再找老伴儿,也不愿意和任何一个儿女生活,至今已经30年了。奶奶是坚强的,她独立的生活能力让我钦佩。

1950年,奶奶17岁时从西乌珠尔来到巴彦库仁镇学习,之后在旗卫生防疫站工作。奶奶在小的时候没有上过学,第一次学习写字是在当年的扫盲运动中,有老师到牧区来教她们这些在草原上生活的孩子们读书、写字。据奶奶说,50年代时全旗人口非常少,几乎全是巴尔虎人,没有汉人。"以前我都不会说汉语。"奶奶这样说道,现在奶奶可以很顺畅地用汉语和我交流。

在陈巴尔虎旗工作后奶奶认识了当教师的爷爷,1950年12月30日他们在陈旗举行了婚礼。奶奶的婚礼并没有任何传统巴尔虎婚礼的痕迹,而是一场集体婚礼,好几对新娘、新郎共同举办的,当时奶奶和爷爷听说若回到苏木结婚就要按旧社会的方式结婚,奶奶和爷爷不愿意,就仓促地同其他人一起结婚了。

奶奶拥有着她那个年代的蒙古人的特殊命运。奶奶的名字是她的父母请当地的喇嘛给起的,帕格玛是典型的藏族名字。奶奶一家共3个孩子,奶奶排行第二,有一个哥哥和一个弟弟,他们的名字分别是陶布道妮、拉玛扎布,也都是典型的藏族名字。为何起的都是藏族名字呢?这要说到奶奶的妈妈,她是从现在的蒙古国来到呼伦贝尔的,奶奶的妈妈当时只有十几岁,由叔叔带着她和一个弟弟来到陈巴尔虎旗,这位叔叔就是一个盲人喇嘛。

当时藏传佛教对巴尔虎人影响很大,从奶奶一家人的名字就能看出来。据奶奶说,当时一家如果有两个儿子,其中一个就一定是喇嘛。在那个年代,佛教风行于草原部落,很多的蒙古家庭在整个宗教运动中放弃萨满教而信奉佛教。

奶奶这个年代的蒙古人,经历了日本侵略、抗日战争。现在的我们无法设身处地体会一个国家、一个民族在受压迫、受侵略时的生活,过多的梦想在那时没有太多用处,亲人的平安、自己的平安是最大的希望,而平等的生存也只是奢望。

奶奶和爷爷、婆婆和公公、我和老公的婚礼都是时代的剪影,从我们3代人的身上可以清晰地看到时代的痕迹,近百年的时代变革对于这个遥远的北部边疆的古老部落所产生的影响。这种看似一点一滴的变化正是一个部落、一个民族的演变进程。

第五章
滋养生灵的水源

一

呼和诺尔,在蒙古语中"呼和"是青色的意思,"诺尔"是湖的意思。呼和诺尔便是青色的湖。

呼和诺尔是陈巴尔虎旗境内的一片美丽的湖,也是我最喜爱的一片湖。正是因为湖水的自然美丽,这里成了当地著名的旅游景点。湖水因每年降雨量的大小,呈现给人们不同的景象。如果说每个人心中都有一片自己的湖,那呼和诺尔便是我心中的那片故乡湖。

2011年夏季,陈巴尔虎旗草原的雨水很充足,湖面比往年都大了许多。湖中的芦苇非常茂密,自然成为野鸭子嬉戏玩闹的地方。蓝天、白云下坐着汽艇在湖面上飞驰,风吹乱了头发,仰望天空,这朵朵白云如同一幅幅精细的山水画,有明有暗,一朵一朵精致地镶嵌在天空上;遥望远方,草原与天相连,空间辽阔寂静,仿佛时间就此凝固,仿佛这一切都不是那么真实。

在这镶嵌着白花朵的湛蓝的天空下,烦恼自然也都随风而去了。如果说城市的生活就像一个强加在每个人身上的重重的壳,那么此时此刻、此情此景下,无论怎样的重壳都会化作乌有。你会全身轻盈,幻想自己是一只草原上的雄鹰,正舒展着双翅,俯瞰着草原,在天与地之间任意翱翔。

呼和诺尔离我家只有17公里,每到夏季都会同家人或朋友去几次,熟悉也便有了感情。1983年以湖为名在这里建成了陈巴尔虎旗最早的旅游景点,景点总占地面积为20平方公里,其中约12平方公里的湖水是最吸引游客的区域。

白天你可以在这里欣赏草原景色,可以骑马、在湖里游泳,或只是漫步草原,体会她的辽阔。夜里湖边会举行蒙古族传统的篝火晚会。将长方形的木头堆成小山状,点起篝火,唱起欢快的蒙古歌曲,在草原星夜下、在炙热的篝火旁跳起的安代舞,热烈又活泼。安代舞是蒙古族古老的一种舞蹈形式,两人一对儿排成长长的纵队,舞者们手里拿着红色丝绸,随着音乐悠扬的旋律,幸福地舞动着双手,有节奏地绕着篝火形成一个圈。欢快的音乐响起,所有人手拉手围绕成一个大圈,先一同向一个方向奔跑,再一同向反方向奔跑,奔跑的中间加有腿部动作,然后手拉着手一同向篝火靠拢,炙热的篝火使得所有人的面颊都能感受到它的温度,燃烧的火焰同样也点燃了舞者们愉快的神经。

呼和诺尔的对面,有大约 30 顶蒙古包依次排开,中间一个最大的蒙古包建于 1983 年。大蒙古包里陈列着一些呼伦贝尔境内的动物标本,如狼、兔子、旱獭、狍狲等。其余的蒙古包有大有小,是作为餐厅和住宿使用的。

记得一次我与几位远方来的朋友一同到呼和诺尔游玩,我们在这里度过了一整天。这天的天气很好,天湛蓝,草碧绿,吃过饭后,我们从蒙古包里走出来透气时,恰好看见一群大雁排成长长的人字形从湖面上空飞过,所有人都很惊喜。微风吹过,远处的湖面泛起淡淡的波纹,空气中弥漫着淡淡的青草味道。这样的草原,美妙犹似天堂。

夜晚的篝火,慢慢燃尽,只剩下一团小小的火堆,这也是草原上最安逸的时候。草原的夜晚会有丝丝凉意，和朋友们喝着啤酒围坐在篝火旁，不论是聊着身边的事儿，还是聊着遥远的梦想，都会让人觉得非常温馨。风吹来最纯净的空气，吹着如此真实的风，呼吸如此洁净的空气，远离一切喧嚣，体味生命原始的真实。

在这样的夜晚，任何自然天气的变化都让人惊喜，与草原的大雨相遇也是一种幸运。一道道闪电从天空直通到远处的地面，将漆黑的夜空照亮；阵阵轰鸣的雷声，让你真切地感到大自然的威力。如此真实的自然会让身边的人显得更加的真实，也更能感受到他人的温度。

有时人们会不知不觉地放大身边人的缺点，更会在别人的缺点上骄傲地断定自己的优势，是否这样的我们正在忽略一种真实，就像忽略真实的大自然一样忽略了一个人存在的真实。没有人可以独立生存，在一个普通的草原静夜，哪有人不希望身边有个人相伴，即便是再好的美景，即便是再绚烂的星空，若身边无人分享又有什么意义？

呼和诺尔，我的这片故乡湖，承载着我对家乡的期许,这个美好的载体留有我童年不可忘怀和不可磨灭的记忆,愿这片湖可以长存,也愿我的家乡陈巴尔虎旗巴彦库仁镇可以保佑这片故乡湖,珍惜她、爱护她;希望这片美丽的湖可以伴随家乡的人民过着幸福美好的生活。

二

拥有500多个湖泊、3000多条河流的呼伦贝尔大草原,是上天赐予生活在这里的蒙古人的最珍贵的礼物。这些湖泊、河流滋润着整片大草原,滋养着世世代代的蒙古人。

这里有被称为"天下第一湖"的达赉湖,有柔美弯曲被称作"天下第一曲水"的莫日格勒河,还有那些将呼伦贝尔境内的水域完美地连接起来的无数条河流。

"达赉"在蒙古语中是大海的意思,因这是一片面积很大的湖,便起名为达赉,又称呼伦湖。呼伦贝尔这个城市名就是源于这两个湖的名字——呼伦湖和贝尔湖。呼伦湖,湖水面积2339平方公里,海拔

545.6米,她是呼伦贝尔境内面积最大的湖。

说起令人骄傲的达赉湖,心中不禁感触良多。曾经引以为豪的"像海一样的湖",湖面竟在2012年缩减了三分之一。10年前同家人游泳的湖水已经完全干涸,当年从岸边遥望的只有一丁点儿的刻有"天下第一湖"的伞亭,如今就在脚下,变成了岸边。我想每一位曾去过达赉湖的家乡人,看到此情此景都会从心底感到痛惜。可作为深爱着家乡的人,我们能做什么呢?如何保护,如何爱惜?每每想到这些,心中不免丝丝阵痛。

地下水位急剧下降致使达赉湖的湖面节节后退,有关部门看到达赉湖的现状也开始担忧,他们抽取海拉尔河的水来填补达赉湖的水位,然而这种补救措施并没有还原达赉湖应有的风貌。在达赉湖被开发的十几年,我们没有对我们的宝贵资源进行保护,我们在利用老天赐予的美丽景色获得利益的同时悲哀地以环境为代价。

2012年,我随国家大剧院管弦乐团去澳大利亚演出。在悉尼,一位大巴司机的一句话让我尤为感动,也让我觉得惭愧。他说:"在澳大利亚没有一处建设是破坏环境的!"这样的自信我没有,我想我周围的人都没有,多么希望可以从一个普普通通的呼伦贝尔人口中听到像这位大巴司机所说的一样坚定的话语:"我们的任何行为都是在建设呼伦贝尔,绝不会破坏环境!"

而今天在人们兴奋地说在呼伦贝尔地下发现了石油时,我心中没有一丝开心。在经历如此多的惨痛教训后,我们的政策、我们的行为依旧没以保护环境为前提。如果没有良好的制度,没有严密的监管机制,石油的开采只能成为极少数人的生财之道,不仅以破坏呼伦贝尔草原作为代价,还葬送了子孙万代能够生活在草原上的权利。还不如将这资源永远地埋在地下,留给子孙呢。

没有了草原的蒙古人像无家可归的孩子,无头苍蝇一般游走在大城市的街头,为了生存干着技术含量最低的工作,努力地说着跑调的汉语,试问这种生活是进步吗?这是人们应该追求的吗?当草原变为沙漠,蓝天、白云不在,擅长的游牧生活的本领就没了用

滋养生灵的水源

武之地,如果蒙古人连马都不会骑了,认为自己生下来就是种地的,那是何等的悲哀!其实草原才是蒙古人的血脉,没有草原,蒙古人只是个符号而已。

贝尔湖又称嘎顺诺尔,海拔583.9米,面积为609平方公里,位于中蒙边境,其中40平方公里位于我国境内,其余大部分地区属于蒙古国。贝尔湖与呼伦湖被称为姊妹湖。

连接贝尔湖与呼伦湖的是乌尔逊河。乌尔逊河全长233公里,位于新巴尔虎右旗和新巴尔虎左旗交界处,河水从贝尔湖流出后向北缓缓注入呼伦湖。正是这条轻柔、温婉的乌尔逊河,将呼伦湖和贝尔湖巧妙的连接起来,让这对姊妹更加亲密。

贝尔湖湖水清澈,清清的淡蓝色的湖水与天空一色,躺在暖暖的细沙上温暖而又幸福。一只只水鸟悠闲地飞过湖面,在这里一切都变得如此缓慢,感觉整个时空被拉宽了,时间也被拉长了。你可以清楚地看到水鸟拍打着翅膀扎进湖中捕捉食物;可以看到蜻蜓轻盈地在湖面舞蹈,可以看到湖水一次一次地冲击岸边……

贝尔湖还未被开发成旅游景区,但并不能阻止游人的脚步。岸边总会看到以家庭为单位的游人,家长带着孩子在湖中游泳,在岸边玩耍,其乐融融。他们在湖边支起帐篷,点起烧烤炉,在如此美丽的风景中野炊,可谓是一种享受。

从海拉尔北山向陈巴尔虎旗行驶,途中可见伊敏河与海拉尔河相交汇。伊敏河发源于大兴安岭蘑菇山北麓,从南向北穿过鄂温克族自治旗后汇入海拉尔河。伊敏河全长390公里,流域面积约2.3万平方公里。

海拉尔区得名于海拉尔河,海拉尔河完美地将呼伦湖和我的家乡湖呼和诺尔连接起来。其全长1430多公里,流域面积5.3万平方公里。

莫日格勒河位于陈巴尔虎旗北部,长达290公里,属额尔古纳水系。"莫日格勒"蒙语意为聪明和智慧的。莫日格勒河流域是陈巴尔虎旗境内的一块儿宝地,说它是块宝地,不仅仅是因为这条河具有独特弯曲的形态之美,更重要的是草原上的牲畜同样认为这是一块儿宝地。每到夏季,牲畜都会自主地寻到这个

滋养生灵的水源

地方,一部分是因为这条弯曲的河附近的草长得非常茂盛,还可以在炎热的夏季提供给牛羊清澈甘甜的河水;另一个原因则是,在草原上蚊虫特别多的季节,牲畜的日子不好过,它们用尾巴不停地左右甩摆来赶走蚊虫,可唯有莫日格勒河附近的蚊虫格外少。

久而久之,弯弯曲曲的莫日格勒河的岸边就成了夏季牧民赶着牲畜从远方迁徙过来的地方。当地人民也给这里起了另一个名字——夏营地,可想而知莫日格勒河在草原人民心中的位置。

莫日格勒河弯曲柔美的形态与草原的辽阔壮美浑然天成,形成一幅最动人的画卷。莫日格勒河自北向南流,流入呼和诺尔后又流向海拉尔河,最后注入呼伦贝尔最大的湖呼伦湖。

在生活中随波逐流,会被人看作是一种庸俗,可在与自然同生存的法则中谁又能真的逆流而上呢?长期与自然相处的人更需要这种随波逐流的性情,随着自然的律动来调整自己的活动,什么季节做什么劳动,什么天气做什么准备,不管怎样的条件都要接受、都要应对。

以莫日格勒河为背景建起的"金帐汗"蒙古部落旅游景点,也因为这条美丽的河而备受当地人和旅游者的青睐。"金帐汗"建在莫日格勒河南面的山坡上,距莫日格勒河只有一公里,1994年建成,是目前陈巴尔虎旗境内最成熟的旅游景点,几乎每一位来呼伦贝尔的游客,都会在此留下足迹。

整个呼伦贝尔大草原境内的全部湖水和河流都是相连的,她们构成了整个大草原的生态链条,彼此分担、也彼此补给。

三

呼伦贝尔地区丰富的水源为草原人民带来的不仅只有富饶的土地、秀丽的风景,还有天然、干净、营养丰富、味道鲜美的各种食材。

如果你来到巴尔虎草原,就一定要品尝巴尔虎当地的特色食品,手扒羊肉、煮牛排、当地草原上生长的山野菜,当然也一定要尝尝蒙古奶茶和巴尔虎人自制的奶食品。

滋养生灵的水源

手扒羊肉是草原上最好的食物,呼伦贝尔大草原的羊肉在全国都享有美名。手扒羊肉的制作对原材料极为挑剔,其制作过程却非常简单,清水煮羊肉,最多是在清水中放一点点盐,这种简单的制作方法更能够让人品尝到羊肉天然的味道。在这里,健康、美味的手扒羊肉总会让来自世界各地喜爱羊肉美食的人们得到满足。草原上的羊吃的都是天然的草,还会吃到长在草原上的草药,而且牛羊在吃草时进行了"身体锻炼",所以,这里的牛、羊肉的质量都极好!

手扒肉是用来招待亲朋好友的最主要的食物,也是最上等的食物。在巴尔虎地区所有重要的宴席中,手扒肉永远是首选,时至今日,手扒肉已成为一种象征。

草原上的山野菜,纯天然,不加任何肥料,营养丰富。在当地最常吃的是柳蒿芽和黄花菜。每年5月底是吃柳蒿芽的季节。柳蒿芽,深绿色,味道微苦,当地人通常用它同羊排骨一起炖汤,或是将其剁碎与鸡蛋搅拌后做成摊鸡蛋,有去火的功效。夏季,家乡的人最爱在燥热的天气里喝的柳蒿芽排骨汤,其中排骨放得很少,只是取肉的油香,再放一些土豆丁,是夏天最美味的汤菜。7月初是吃黄花菜的季节。黄花菜是一朵朵黄色的花,夏季草原上长着成片成片的黄花菜,可谓是出奇的美丽,人们将花朵采摘下来用热水焯过后做成炒菜,味道清爽,营养丰富。人们还将不做任何加工的黄花菜放入冰箱冷冻,这样,待到冬季时也能吃到美味、营养的黄花菜。每到这个时节,这两种草原上的山野菜都是餐厅里最受顾客欢迎的菜。

另外草原上还长有野韭菜花,是当地吃手扒肉常用的蘸料,夏天人们将韭菜花摘下来,绞成末儿状,食用时再加一点儿水。《舌尖上的中国——秘境》中就讲到了陈巴尔虎旗草原上生长野韭菜花,它的确有一种特殊的味道,深受当地人的喜欢。

草原上还有一种珍贵的特产——草原白蘑。每年7月雨季都是草原蘑菇的生长季节,随着一阵阵雷声的响起,美丽诱人的蘑菇圈就会破土而出,远远望去,有蘑菇圈的草会比周围的草颜色深一些。草原白蘑味道鲜美、浓郁,当地人会用它来炒白菜,或是做成蘑菇酱,剩余的蘑菇被晒干后可长期储存。草原白蘑产量有限，因此价格偏高。2013年，一斤新鲜的白蘑要100元左右，晒干后的价格为每斤1000元左右，一般新鲜的蘑菇10斤才能晒出1斤干蘑菇。

丰富的水源养育了草原上健康的牛，牛能够产出最新鲜的牛奶。勤劳的巴尔虎妇女将鲜奶制成各种各样的奶食品。巴尔虎最典型的奶食品是奶皮子和奶干儿。

奶皮子堪称营养价值最高的奶食品。巴尔虎妇女将鲜奶倒入锅中，用慢火先将牛奶烧开，然后用水舀子（一种舀水的工具）将奶盛起再倒入锅中，不断反复这个动作，使锅内的奶形成一层密密麻麻的泡状，浮在锅面上。这最上面的一层泡泡就是奶皮子。夏天由于天气热，奶制品很鲜，不容易保存，奶皮子是软软的，在不成型时就撇出。冬天时就可以做好后在锅中放一下晚上，第二天就形成一个圆形的片儿，可以直接食用，也可以放在奶茶里食用。

奶干儿是用做完奶皮子后留在锅里的剩余的奶制作的，将酸奶倒入锅中搅拌，再用纱布过滤，水状的奶流出，留在纱布上的就是做奶干儿的原料了。每次取一小块儿用手攥一下,使它变成长条形状,待晒干后就制成略带酸味的奶干儿。

巴尔虎妇女还会将当地产的臭李子捣碎后放入做奶干的原料中,制成臭李子味儿的奶干儿。

能够在巴尔虎草原吃到这些美味、健康的食物,是草原对牧民的眷顾。在食品的安全都成了问题的今天,巴尔虎草原上的水源显得格外珍贵,没有她的滋养,巴尔虎草原上的一切生灵都无法健康生存,更谈不上吃到如此健康的食物了。

四

呼伦贝尔大草原在河流的滋养下展现给全世界的是水草丰美、动植物丰富的富饶的草原形象,"天堂草原"更是名不虚传。

可还有一些我们不愿看到的情形,一样出现在了草原上。过度开采的煤矿,刺人眼球的化工厂已经严重破坏了草原的地下水资源;海拉尔河断流,达赉湖大面积缩水,莫日格勒河可以撑杆跳过……这一切正

滋养生灵的水源

在让所有生活在原本美丽无比的呼伦贝尔大草原的人民心疼,却又无能为力。可否给每一位热爱并想保护草原的草原儿女一个机会,让这些人可以找到一个途径来尽微薄之力,哪怕这条路是崎岖的。

草原上的湖水、河流像母亲一样默默无私地滋养着大草原,使得草原上物产丰富,植物种类繁多,有很多植物具有药用价值。呼伦贝尔大草原上长有车前草、星星草、水木贼、胡枝子、黄莲花、短瓣金莲花、猪毛菜、黄芪、芍药、毛百合、防风、玉竹、平车前等近百种的药用植物。可悲的是草原上丰富的植物成了一些贪婪无德的人眼中的生财之道。

每年的五六月份是挖药材的季节,也是草原遭受践踏的季节。开春之后,草原上便会长出防风、桔梗花、黄芩等药材,在陈巴尔虎旗草原上防风最多。

防风不仅仅是一味药材,它还是保护草原的重要植物,可以防止草原沙化。挖药材的工具对草原的破坏非常大,一把特制铁锹,锹头细尖,锹把大概有一米长。翻一锹草原,拔起一颗防风,最后好好的草原就成了每隔三四十厘米就有一个小坑的面目全非的草原。

陈巴尔虎旗原本资源丰富、令人骄傲的草原却成一群贪婪的掠夺者掠夺的对象,这草原上的珍贵植物给草原带来了巨大的灾难。

尽管呼伦贝尔草原辽阔,但其土壤属粒盖土,是沙质土壤,若表层植物遭到破坏,很容易沙化。由于草场退化,现在部分巴尔虎草原已轻易就能看到稀疏的草下面的沙土,能够看到沙地的草原本就已经很脆弱了,这种情况的草场再被狠狠地挖,用不了多久,就会变成沙丘。

2013年5月,长生天依旧眷顾巴尔虎草原,充沛的降雨量,加上雨后充足的阳光,草原迅速地由融雪后的黄衣换装成了绿装,一眼望去春意盎然。可挖药大军并没有在新的一年有任何减少,也没有因为前两年对草原的破坏而得到有效的制止,反而越演越烈,成群结队的挖药人让当地的草原管理机构无从下手。有关部门没有拿出有效的制止方案,可挖药大军却在这几年的挖药实践中总结了一套有效的挖药程序,避开相关部门的巡查,甚至选择在夜间行动,这让巡查工作变得越发艰难。

牧民发现有在自家草场上挖药材的,会上前制止,可很多时候这些成群结队的挖药人根本不听劝,甚至会发生冲突,发生冲突后牧民还要接受法律制裁,这无疑也让挖药人更加嚣张。即便是有权力管的机构,权力也有限,抓到他们,所给的惩罚只是没收工具和所挖的药材,这种不痛不痒的惩罚,如何能抵得过巨大利益的驱使!

破坏草原的事年复一年地上演,挖药人是草原的直接破坏者,我们所有的旁观者同样是令草原消失的帮凶,我们的麻木同样吞噬着美丽的草原。

看看那些曾经也是一望无垠、现如今已成沙漠的地方——科尔沁大草原和锡林郭勒大草原。这是我们生活的这个年代可以看到的最鲜活的例子,这些地方从前也如同呼伦贝尔大草原一样,拥有蓝天碧水,植物茂盛,动物肥壮。

有许多人将沙化的结果不负责任、简单地归于气候,认为常年干旱导致大草原变成了沙漠,可实际上是什么改变了自然规律?是人类肆无忌惮地破坏,使得自然原本和谐的链条断了,这才导致了常年不下雨的干旱天气。在因果关系中干旱天气不是因,它已是果,大草原变成沙漠,人为因素绝不可逃避,而当人为破坏到了一定的度时,长生天也不再眷顾这片土地了。与其说是沙漠化影响了人类的生活,不如说是人类的活动影响了自然界,最后吞食苦果的也必然是人类自己。

更有人将科尔沁沙地的形成归结为过度放牧,多么令人发笑。草原上唯有放牧是合理的活动,而其他的矿物开采或是农耕都是不合理的,这些不合理的事造成草原消失,最终为此买单的竟是生活在草原上的牧民和最合情合理的活动。禁牧?为何不禁止开矿呢?只是因为矿产所带来的经济效益吗?如果我们永远以经济利益来为环境做决定的话,我们也将不配拥有美丽的自然环境。

锡林郭勒大草原曾经是欧亚大陆草原区、亚洲东部草原亚区保存比较完整的原生草原部分。同样,锡林郭勒大草原拥有丰富的资源,却由于制度的缺失和监管不严格,人们对自己的草原进行了疯狂地掠夺。

滋养生灵的水源

各种矿的开采破坏了草原生态,化工厂排出的污水污染了草原无比纯洁的水源,使得草原的自然环境遭到彻底的破坏。

自古以来巴尔虎部落的蒙古人就视呼伦贝尔大草原为最珍贵的土地,他们珍爱着这片土地。在巴尔虎部落至今仍留存这样一种禁忌:在草原上任何把植物连根拔起的行为都会被看作是非常不吉利的事。

今天当你看到有人在呼伦贝尔草原上挖药材,那肯定不是巴尔虎部落蒙古人。那些不顾草原兴衰的挖药人,我想是因为他们不像巴尔虎部落蒙古人一样世世代代生活在这片草原,没有崇敬自然的信仰,对草原没有情感,只把草原简单地当作一个资源丰富的土壤,取他所需。也许他们还会嘲笑那些不来挖的牧民,认为他们怎么就这么笨,不懂得如何利用资源,"活该生活不富裕"。

2013年11月24日这一天,我看到关于呼伦贝尔大草原上乱挖药材的新闻报道,尽管新闻上报道的是新巴尔虎旗的草原现象,未提及陈巴尔虎旗,但起码现在有越来越多的人在关注这件事儿,这已让人倍感欣慰了。

巴尔虎人民在呼伦贝尔大草原上生存了300多年,对于这片土地他们从没有破坏过。对于所有生活在草原上的生灵,他们从未有过赶尽杀绝的念头;对于所有草原上的资源,他们从没有过度使用。

可近30年,随着外来人口的不断增加,草原被破坏的程度却大于之前的上百年。巴尔虎人民朴实、知足,正是这种不贪婪的性格保护着草原,这才是自然界的生存逻辑。

千百年来的游牧文化最适合草原的自然状况。不将任何一块儿草原用到极致,也不长期使用同一条河流的水。一年四季不断迁徙,不断给草原上的每一块儿土地、每一条河流得以喘息休整的机会,让草原经过冬季白雪的覆盖和滋润后,到了春天每一棵小草都能生机勃勃,以便年复一年地养育蒙古人。

五

我的家乡因朴实、美丽,成为了人们所向往的地方。然而每年不断增加的游客,不完备的旅游制度,不健全的旅游意识,不专业的旅行社,都可能给她带来伤害。

2014年7月13日,我与家人一同来到陈巴尔虎旗万马奔腾节,其地点也选在了巴尔虎人最引以为豪的莫日格勒河的附近。除了所有蒙古族的传统体育项目外,最吸引人的便是这天会有上万匹骏马从这里经过,来自全国各地的人们纷纷拿起相机捕捉这难得的景象。

会场附近有一处山坡,驱车上去后可以将莫日格勒河的优美线条一览无余,但看到美景的同时也看到了煞风景的画面,那就是垃圾。塑料瓶、纸张、酒瓶、果皮等,一堆堆的被扔在我挚爱的草原上。

正在我心痛的时候,山坡上来了一辆吉普车,车上下来了几个人,一看便是当地的巴尔虎人。其中一位看到此景非常愤怒,嗓门洪亮地吆喝着:"都别照相了,都先捡垃圾,捡完再照,不捡完不许照。"话说得很坚定,很有力度,不容反驳。山坡上的各地游客开始纷纷捡起垃圾放到自己的车上。刚来的几位巴尔虎人也一同开始捡垃圾,那位吆喝的巴尔虎大汉边捡边嘟囔着:"这草原刚给你们开放一天就成了这个样子,你们自己看看有多少垃圾,早知道就不让你们这些游客上来了。"不一会儿山坡上的垃圾就少了许多,还剩下两个大堆的垃圾,听这几个巴尔虎人说,一会儿会开一个皮卡车上来把这些垃圾拉走,此时此刻,这位说话率直有力的巴尔虎汉子是我心中的英雄!

我不想呼伦贝尔大草原变成今日的科尔泌沙地。作为呼伦贝尔大草原的子民,我们更应该格外爱护自己的家园,为他人作一个好的榜样。巴尔虎人对待远方的朋友格外热情宽厚,这是巴尔虎人天生的气度,可当有人不知怎样保护、爱护草原的时候,我们应该成为保护草原的最后一道防线。

在游牧文化的背景下,整片草原上的每一棵草都是属于你的,同时也没有一棵草属于你,她属于草原上的所有生灵。

而同样拥有千年历史的农耕文化却恰恰相反,固定的土地,固定的主人,每一年的耕作收成都是农民在同一块土地上创造出的,空间的具体拥有感很强。

农耕文化在科尔沁大草原上的传播,加速了科尔沁草原的沙化;科尔沁沙地的形成,开荒垦地"功不可没"。如此惨痛的教训,令我们痛彻心扉。

没有人愿意出生在一个贫瘠的土地上,我总相信若一个孩子可以日日见到阳光,内心也绝不会阴暗;若可以天天在河边玩耍、在草地上奔跑,自然会热爱大自然。

如何保护我们拥有的财富?我想这个观念应该提早灌输给孩子们,让孩子们自小就明白能出生在这样美丽的故乡是多么幸运的事!并列举一些简单易懂的爱护环境的行为,让他们能从小就明确怎样是爱护草原、怎样又是破坏草原,让他们成为今后保护草原的主力军。

若不是城市里可怕的雾霾天气,我真不知道能够呼吸到一口洁净的空气,能够看到蓝天、白云,能够在阳光下散步是件多么美好的事。我怀念那无比健康、快乐的童年,希望将来的人们,不要把拥有美丽的草原当成奢望。

对于所挚爱的人或物,我们会倾注过多的精力,会产生担忧,可这种种的担忧只是因为害怕失去,害怕失去这原本拥有的美好,害怕后人见不到我所见的美丽,害怕他们连这份担忧的权利都失去了。

第六章
草原生活

一

　　草原美丽，可草原的生活却异常艰辛，也正是这艰辛的生活练就了蒙古人的生存本领。岁月周始，四季变换，蒙古人的生活也同这岁月和自然一样，有着自己的规律，形成了独特的轮回。

　　3月的巴尔虎草原依旧白雪皑皑，辽阔草原上的雪在经过整个冬天的寒风吹拂后变得格外厚硬。

　　虽然天气依旧寒冷，牧民却要在4月初接羔儿，这是一年的悉心照料后看到成果的季节。老公的舅舅（以下简称舅舅）是地地道道的巴尔虎牧民，在巴尔虎草原上饲养了近2000只牲畜。舅舅叫乌云图，是智慧的意思。从出生以来一直生活在草原上的舅舅，有着蒙古人典型的高大身材，沉默寡言却熟知草原上的一切生存技能。2000只牲畜中有1000左右的羊，每到这个季节就会有几百只小羊羔儿降生。这几百只小羊羔儿的降生，使接羔儿的任务要持续一个多月，在这一个多月中母羊会不分时间地产出小羊羔儿。

为了每年 4 月份的"丰收",牧民一家会为此做许多的准备。

首先就是在接羔儿之前将作为接羔儿点儿的羊圈收拾干净,将所有要生小羊羔儿的母羊放到接羔儿点儿的圈中。要定时打扫羊圈,给母羊一个干燥、干净的环境生产。遇到恶劣天气时,更要及时在圈里铺上干草保温。

再就是要保证母羊的草量。接羔儿时节最怕遇上缺草,若前一年的冬天降雪量很大,羊群无法透过厚厚的雪啃食枯草,只能靠牧民储存的草过冬,这样到了母羊生产的时候很可能就会遇到草量不够的情况。母羊吃不饱会直接导致新生的小羊羔儿没有奶喝,小羊羔儿就会被饿死,或是因为没有喝到足够的奶水,身体缺乏热量而被冻死。

接几百只小羊羔儿,一家人会忙得不可开交。牧民需要不分昼夜,每隔一段时间就要到羊圈里看一眼,以保证羊羔儿的存活率。接羔儿季节的天气还很冷,万一遇到非常恶劣的大风或大雪天气,牧民关照不及时,刚出生的小羊羔会因为恶劣的天气接连地死去。为防止这种令人心痛的事情发生,不但接羔儿期间要勤快,而且接羔儿之前的准备工作也一定要充分、细致。若羊圈能很好地抵御寒冷,牧民能密切关注母羊的生产时辰,就可以大大提升羊羔儿的存活率。

一只只雪白的小羊羔儿的出生是牧民的收获,也是牧民的希望。羊群照顾得到底好不好,接羔儿的数量是一项硬指标。小羊羔儿的数量直接关系着羊群的收入,若照顾不周,羊羔儿不幸夭折了,一年为羊群所费辛苦的回报也就大打折扣了。

接羔儿的这份收入是牧民一年收入之中的大份,牧民家中的开支,包括孩子上学的费用,为家中添置新物品,为家人添置新衣裳等,这些事情的实现多半也要看接羔儿的成果。

5月初接羔儿任务完成后,牧民要在新生的公羊羔儿中的挑出品种好的种羊来,将其他的公羊进行阉割,当地称之为刐羔儿。刐羔儿控制了羊群中的种公羊数量,阉割后的公羊变得温顺了,同母羊放在一起也易于管理。这个方法也可以逐渐优化整群羊的品质。

剞羔儿这天同时要给家中新生的羊羔儿剪耳记子,还要给前一年的牛犊儿和马驹子打印。给自家的牲畜做记号,是为了防止跟其他牧民家的牲畜相混淆。对于巴尔虎牧民来说,这忙碌的一天也算是一个节日,一家人一起干完活儿后会杀一只羊,吃顿肉,算是庆祝一年到头辛勤劳动后的丰收。

二

巴尔虎草原的寒冬极长,春天来得十分缓慢,雪一点一点地由内而外地融化。差不多要到5月底,草原上的雪才会全部融化。这时我们看到在白雪下隐藏了一个冬天的一片金黄色的草原。

5月下旬是草原最具生命力的季节,草原褪去覆盖了将近半年的雪衣,雪水深入大地,刺激了地下休息的生命神经。在草原还没有涂上一层浅绿的时候,你就会惊奇地看到零星的一朵紫色的或是黄色的花。在其他植物还没有被暖风唤醒时,它们却独自全力绽放着,鲜艳、娇嫩、水灵灵的,紫色的是马莲花,黄色的是蒲公英,现在它们已迫不及待地出现,等到花期到来时,这里必定一片花海。

6月,草原气温开始明显回升,不知在哪一夜草原就换上了一层淡绿色的薄衫,也是该为整个羊群中的大羊除虫时候了。随着大地复苏,羊群身上的细菌也开始繁殖,若不采取防治措施会严重影响羊群的生存。母羊身上的细菌会传染到小羊羔身上,而小羊的抵抗力弱,很容易生病,甚至会死掉。这个时候牧民都会忙碌着为自家的每一只大羊打针除虫,不敢有丝毫的懈怠。

看得出来,能够饲养好一群羊,并不是件容易的事儿。和所有事情一样,想要做好,必须花时间投精力,除了做大量的基本耗时耗力的工作外,还要时刻关注羊群变化,以便采取最及时、正确的应对措施。

6月份为羊群打针除虫后就要挪包了。当年生活在完工公社的牧民都会向莫日格勒河迁徙。去时一个星期的路程,到了莫日格勒河安营扎寨后,一待就是两个月。成群的牛羊在莫日格勒河附近吃着丰美的草,喝着莫日格勒的河水。两个月后,牧民的牲畜个个膘肥体壮,牧民们就又赶着牲畜回到完工公社。只是回去的迁徙通常会比来时慢许多,大概要半个月的时间。回程时草原已渐渐进入秋季,气候凉爽,很适合牛羊生长;加上牛羊在夏营地都养了好膘,一天不宜走太多的路,所以回程通常都是慢悠悠的!

挪包后牧民们要为整个羊群剪羊毛。剪羊毛这活儿可是全家老小齐上阵,无论是老人还是孩子都能熟练地运用着羊毛剪,快速、熟练地剪羊毛。剪羊毛的景象同时也是草原上最其乐融融的景象。赶在草原最热的天气到来之前把羊身上长了一个冬天的厚重的毛剪掉,可以使羊舒服轻巧地度过夏季。羊毛若不剪,厚重的羊毛糊在羊身上,羊太热就会影响食欲,不容易上膘。

剪羊毛可谓是一举两得的事儿,既可以帮羊儿散热,剪下来的羊毛还可以做许多日用品。例如将羊毛做成羊毡,在冬季这些羊毡制品可以帮助牧民抵御寒冷,像冬天蒙古包外面围的毡子、蒙古包内铺的羊毡褥子、羊毡靴(毡疙瘩)、羊毡垫等。现在,还有人用羊毡制作成非常有蒙古特色的工艺品,像羊毡画、羊毡制的杯垫儿、羊毡包等,既体现了蒙古文化同时又带有蒙古人浓重的生活气息。

从前的羊毡都是牧民亲手制作的,工序虽复杂,质量却也格外好。

牧民将剪下来的成堆的羊毛在河水中清洗,洗干净后将羊毛密密实实地放在事先准备好的方格架子上,架子的规格不一,一般都是大长方形。填满架子后牧民骑上马拉着这个架子来来回回地奔跑,这样架子里面的羊毛才会被压实,有了一定厚度,而且最后制成的毡子也特别白。

在经历了半年多的冰雪世界后,草原终于迎来了最美丽、最阳光的季节。草原拥有不可思议的张力,很难想象夏季如画般的草原是经历过长久酷寒的严冬。草原用自己顽强的生命力印证了自然的力量与神奇,她献给巴尔虎人的是勃勃生机,给我们带来了美丽与震撼。

夏季,巴尔虎草原经过了格外漫长的等待,终于可以在这个暖洋洋的季节里毫无保留地尽情释放着她的热情。巴尔虎草原上盛夏很短,严格地说只是从

6月底到7月底,也许正是这短暂的季节才更使草原充满激情,花朵争奇斗艳,黄色、红色、白色、紫色,他们成片开放引来蝴蝶纷飞。微风吹拂,远处朵朵的小花随着风儿向着同一个方向倾斜,身在其中,像置身于童话世界。

盛夏季节是草原迎接世界各地旅游者最多的时节,每一位初到呼伦贝尔大草原的旅行者都会对这片美丽富饶的土地留下深刻的印象。在无边的辽阔的草原上,让人欣喜的绿色、五彩的花朵、清澈的河流,还有巴尔虎草原文化,都会让旅行者感到不虚此行。

如果可以,我想每个人都应来一次草原,感受一下她的宽容和大度,草原定会把她的气度留在你的心中,让你的心同草原一样辽阔。草原属于每个人,每个人心中都应有一片格外辽阔的草原,正如每个人都应拥有一颗辽阔、宽容的心。

夏季草原的雨同样让人印象深刻,大雨来临之前天空的千变万化也让人无法忘记。乌云遮住了半边天,整个天空一半晴朗,一半乌黑阴暗。阴着的这一半天空可以看到远处一大片散落成雾状的云从空中一直垂到地面,雨由上至下的痕迹清晰可见,这是急雨冲过云将其淋成了絮雾状。伴随着轰轰的雷声,闪电一次次地划过天际,夺目的闪电让乌云成为最安静的背景。雷声、闪电让整个草原的空气凝重起来,预示着倾盆大雨即将来临。可就在这样乌云密布的一半天空中,却突有一束明亮的赤黄色光束,带着浓浓的暖意,以最热烈的方式透过云层缝隙直照地面,像一口用阳光做的天井,顺着天井可以清楚地看到乌云的背面即是万丈阳光。

生活并不总会有一束光井提示我们:其实阳光灿烂并不遥远,其实所有的乌云背面都阳光无限,不然雨后怎么会阳光灿烂,彩虹高挂!

三

从7月底开始,牧民们就要准备打草了,通常会在8月初到8月中旬这半个月的时间内完成打草任务。为什么一定要在这个特定的时间打草呢?因为这个时候的草原已不是盛夏,天气不会太热,蚊虫也少了许多；而深秋季节还没有真正来到，草长到了最茂盛的时候，营养也最高。牧民需要在草处在营养旺盛的时期将其用机器割下来，晒干后再用捆草机紧紧地打成捆。

这些打下来的草供自家牲畜冬季食用，多余的草会出售，有一部分会出口到其他国家。

打草对于生活在这里的牧民来说是一年当中又一件非常重要的事。将近半年的冬季牲畜所需的粮草都要在这时准备好。若是准备不够，到了冬季再去买草的话，一是价格会贵出许多，二是有时花钱都买不到草。即便是可以花大价钱买到，可万一遇上大雪封路或白毛风天气，连方向都很难辨认，车辆很难进入草原，更别说能及时运送草送粮了。

在没有现代化机器的时候，打草完全靠人力，牧民们先用镰刀割草，然后用叉子将割下来的草堆成垛，再用牛车拉到各家的牲畜圈旁。那个用镰刀割草的年代，草场都归生产队和公社，每到打草季节，生产队中所有具有劳动能力的人都出来打草，场面极其壮观。

后来开始使用拖拉机，打草的速度就快了许多。

在拖拉机后面拉一个长形的刀,一个人便可操作,也就不再需要那么多人共同参与了。现在大多数牧民的打草工具比以前更加先进了,用拖拉机拉两个长刀,还使用拖拉机拉上捆草机将打下来的草打成捆。新设备所需的人力更少,例如1000亩的草场,若有3个会开拖拉机的人一起工作,在每天工作10个小时的情况下,大概15天就可以完成草场的全部工作。牧民打草用的机器除了拖拉机、打草机之外,还有搂草机、捆草机等。

打草季节也是非常有趣的季节,若你赶在这金秋时节来到草原,就可以看到别样的景象。被捆成一卷一卷的草有规律地摆放在草原上,远远望去,在半绿半黄色的草原上星星点点的捆草,将秋季的草原装扮得非常有秩序。所有人都能看到草原牧民辛勤劳动的成果,这是又一个丰收的年头,是牧民对生活的积极准备,也是牧民对幸福生活的向往。

2012年秋季,我和父亲一起参观了陈巴尔虎旗境内的一个苏木的草场。只是,远远望去,整片草场狼针比碱草高出很多,中间还夹杂着许多和尚头。

狼针是长在草原上的一种植物，通常混在碱草中。之所以被叫做狼针，是因为这种植物的头部像针一样扎人。若羊从狼针多的地方经过，会被扎到，一但狼针扎进羊的身体里，会越扎越深。被扎透的羊皮在出售的时候也就卖不上价了，因此牧民会尽量避免自家的牲畜经过狼针草多的草甸。

小的时候，我同邻家的伙伴玩儿藏猫猫时，会经常选择藏在家中牛圈的草垛里，被狼针草扎到是常有的事，我们都非常讨厌狼针。作为冬季牲畜赖以生存的食物，打草的时候也要尽量在狼针草没有变硬的时候割下来，若打草时间晚了，就会打下太多变硬的狼针草，牲畜不爱吃，再有就是若不小心吃到太硬的狼针草会伤到牛羊的喉咙。

碱草是草原上最好的草，长得高，草径粗，颜色翠绿，它是牲畜们最喜欢的食物。之所以称之为碱草，是因为此草中含有大量的碱。碱会让牲畜身体发热，可以顺利地度过寒冬。每到冬季牧民还会专门买来大块儿的碱让牲畜们舔食。

和尚头是民间的叫法，它也是混长在碱草中的一种植物,这种植物同狼针一样不被草原上的牲畜喜爱。

这种长有大量狼针和和尚头的草甸并不好,爸爸说:"草场都退化了啊!"语气中带有感伤,"我们当年的草都是这么高的碱草。"爸爸用手比划在腿关节的位置。

草场退化是呼伦贝尔大草原面临的严峻问题,尽管在旅游者眼中,呼伦贝尔大草原依然拥有辽阔、富饶的美名,可牧民们都知道这草原早已大不如从前。从前那种"风吹草低见牛羊"的草原已不复存在了,现在有些地方的草场已经可以直接看到沙土,这种现象可是沙化的前兆啊!沙化对于绿色的草原来说就像一个健康的人得了癌症一样,沙化草场会像癌细胞一样不断扩散,最终将要了草原的生命。

草原冲破一切自然的考验,向人们展示其顽强的生命力,然而她也是脆弱的,她经不住人为的破坏。草看似有顽强的生命力,但也依赖着草原上最无私的河流的滋养,对河流的破坏就是对草原生命的扼杀。当你在草原上看到一片沙漠的时候很难想象这里曾经也有河流流淌,曾经也绿意盎然。只要我们稍加爱护,草原永远都会伸出她宽容的臂膀,给我们绿色,用她的美丽拥抱我们。

爸爸对打草的事儿很了解,以前,所有打草的设备他都有。在我10岁那年,爸爸为了给我凑足去外地上学的学费,卖了他所有的打草家当,自那时起,爸爸没有再打过草。在此之前的3年里,爸爸每年七八月份都会去打草,每次前前后后会去上一个月左右。我问爸爸:"为何在当年选择打草作为增加家庭收入和改善家庭生活的途径呢?"爸爸说:"我14岁就出去给别人打草了。"那时作为小工的爸爸每天可以赚两块一毛五分钱,两块一毛五分钱是什么概念?当时的物价是8块钱一袋面,爷爷的工资是每个月大概100元,要养活一家8口人。每天两块一毛五对于当年只有14岁的爸爸来说已经是不小的数目了,爸爸可以用这打草的工钱来缓解家庭经济的紧张。

提到爸爸,他可是多才多艺。由于爸爸家里的兄弟姐妹多,当时只有爷爷一人赚钱养家,爸爸学了许多用得着的手艺。木匠活儿、瓦匠活儿爸爸都很精通,而爸爸的本行则是个电工。爸妈当年结婚用的衣柜、橱柜、沙发等家具都是爸爸亲手制作的,有些至今还保留着。婚后爸爸还不断地建房,建完后出售,以此来改变家中的境况。

秋季当然不要忘了草原上的那一抹晚霞,红彤彤的太阳正在落山,可以清楚看到一轮红日落下的速度,她照红了西边的那一整片云。日落的速度给人的感觉很快,并不是想象中的那种缓缓落下,她的速度使得她所照射的云不断变化,一眨眼又是一番景象。

这红的千变万化的云定是出自一个心胸博大的画家,用大量的颜料在一个巨大的天空上挥出了这样潇洒自在的风景,每一秒都有细致的变化,每一次变化都形成了那么完美的作品。看到片片红色的云心中总会泛起幸福的滋味,这晚霞预示着第二天的好天气,也预示着草原人们必然会有的幸福生活。

四

九月初,所有打草的任务就应该基本完成了,要将打成捆的草卖掉或是一车一车地全部拉到冬季牲畜待的地方供自家牲畜食用。冬季也随着这一车车干草的运送悄悄地来到了。她用第一场雪向人们宣她来了。

冬季的草原可谓白雪皑皑,几乎年年雪的深度都会到膝盖。冬季恶劣的天气对牧民和他们的牲畜来说都是严酷的考验,整个秋季,牧民们忙着给牲畜储备足够的草料,让它们有足够的能量安全地度过寒冬,同时也要为自己过冬做准备。

冬季的暴风雪会封路,任何紧急的救援实际上都不可能及时赶到,每家每户都要在冬季来临前做好准备。

换了白装的草原白得寂静、白得让人心旷神怡。可这格外漫长的寒冷的冬季让草原生活更艰辛、更需要意志力。

冬季本是休养生息的季节,但牧民的冬季生活却异常忙碌。一早起来牧民就要出蒙古包干活——给牛羊喂草,给蒙古包内的炉子生火,挤牛奶准备熬奶茶等。早上是一天最最冷的时候,也是蒙古包内温度最低的时候,牧民们出门干活前会喝上一大口白酒来暖身子。如果你没有在如此寒冷的地方生活,你永远体会不到一口白酒给身体带来的温度。

冬季蒙古包的正中间会有一个铁炉子,是取暖的工具。蒙古包的整个面积不大,铁炉子一旦生起火来,蒙古包便立刻变得暖洋洋的。

老公讲他小时候在姥姥家蒙古包里过夜的经历。冬天睡觉时都会把衣服脱光,这样可以令身上迅速暖和起来,一整夜都暖暖和和的。可是到了早上,炉火燃尽,蒙古包里气温就变得很低,身上盖着被子还不觉得冷,可脖子以上会感觉很冷,都冻鼻尖儿了。所以每到早上,小孩儿们都会将头也缩进被里,待大人把炉火点起来,蒙古包暖和后再起床。起床后就能喝上一碗姥姥熬的暖暖的奶茶,幸福其实就是这么简单。

以前,牧民很少能在冬季吃到蔬菜,一是因为天气太冷,只有很少的蔬菜能够在这零下三四十度的气温下保存;二是因为离城镇太远,也没有快速的交通工具,且道路积雪难走,买东西是一件非常困难的事。况且在如此寒冷的天气下,人们总会想吃一些热量高的食物,类似羊肉粥、羊肉汤、牛肉面条等食物,可以让身体迅速热起来，几片绿叶菜估计只能让人感觉越来越冷。

对于生活在草原上的牧民来说，能够安全、温暖地度过严冬才是重中之重。牧民用在夏季晒干的牛粪、羊粪生炉子取暖、做饭；湖泊、河水都已结成厚厚的冰，牧民只能将洁白的雪化成水来使用，奶茶，手扒肉等食物都是用雪化成的水来做的。

冬季牛羊都需要在圈中喂养，只有马群不需要，它们可以自己吃雪解渴，还可以刨开雪吃下面的草。圈养的牛羊需要牧民的精心照顾，羊还好，只需要每天喂草，它们吃饱后就会被放出圈吃雪，不用喂水。牛是最需要照顾的，不仅要喂草，牧民还要每两天饮它们一次水。

几十头牛，每次都要喝大量的水，以前，牧民只有从河里取水这一种饮牛方法。牧民在冬季都要迁徙到靠近河水的冬营地。因河水早已冻上厚厚的冰，牧民们要用凿子将冰面凿开一个直径约10厘米的冰窟窿，冰下面的水就会源源不断地从冰窟窿中涌出。智慧的牧民用冰做成长长的冰道，涌出的水顺着冰道流向冰制的槽子,牛就在这冰槽子里喝水。

后来,一些没有在河流附近扎包的牧民,会在夏季挖一个井供几家牧民使用。用井水饮牛,牧民要将牛全部赶到井的附近,待饮完后再将牛赶回来。

最早的井内四周的壁上用编好的柳条栅栏围上,用来防止井水中落下太多的泥土。由于柳条做的栅栏无法很好地防止井内的土掉落,牧民就换成木头制的栅栏。木制的栅栏虽减少了泥土脱落的量,但还是不能完全避免,后来就用水泥抹上整个井壁,被水泥抹上的井壁就彻底杜绝了泥土掉落的问题。

冬季时井水表面已经完全冻住,要用长柄的冰凿子先将冰面凿开,再用长长的木头,一端绑上水桶汲水上来饮牛。用桶汲水的方法非常费力气,为了省一些力气,后来便出现了辘轳,用手摇的方法从井里打水上来。

饮牛的活儿通常都是家中的男孩子做,对于一个十几岁的男孩儿来说,这是很累的活儿。在如此寒冷的天,每次干完活儿都会大汗淋漓。这些必须要干的活儿自然而然地将他们变成一个个强壮有力的男子汉。

现在草原上有了机井,插上电就可以泵出需要的水,牧民饮牛就方便多了。

草原生活虽然艰辛,可正是这艰辛成就了蒙古男人高大、强壮的体魄;而蒙古人英勇、善战、智慧的天性也同样来源于在草原上生存的点滴经验。

五

若想在冬季草原上生活,需要太多的生活经验。例如在冬季的草原上出行就不是闹着玩儿的,没有出行经验的人是绝对不敢独自在冰天雪地的草原上行动的。

有一年冬季的一天,老公需要去趟舅舅家。从巴彦库仁镇到舅舅家有两条路可走,一条是走大约55公里公路到完工镇,从完工镇开始下公路还要走25公里的草原;另一条是从巴彦库仁镇走301国道,路过海拉尔后向南屯开,这段公路距离有100公里,下了公路还要走15公里的草原。

冬季人们通常走第二条路,虽然距离远一些,但相对于另一条少了10公里的草原。

老公这一次去舅舅家,正赶上刮大风,当地称白毛风。大风将草原上的浮雪都刮起来了,能见度非常低。下了南屯公路后,雪已经覆盖了整片草原,看不到任何车辙,没有任何路的痕迹。在冬季的草原上活动,通常要选能看见一点黄草尖儿的地方走,这里的雪不会很厚也不会很硬。结果这一次草原上的积雪实在太厚,加上白毛风,越野车走起来格外艰难,途中很多次车轮陷在雪地里无法开出。每次老公都拿起事先准备好的铁锹下车挖轮子边上的雪,好让车子可以顺利开出雪坑。这样的事情耗费了很多时间,天色已渐黑,为了安全,老公决定开车原路返回,等风雪停了以后再去。结果快要到公路的时候,车熄火了,试了几次后车还是无法启动。

此时是晚上8点钟,天已全黑了,他手机也没有电了,无法联系人来相救。这个位置离舅舅家还有15公里,离南屯镇更远,在车上待着只能被冻死。

四周漆黑一片什么也看不清,他记起离公路不远处有一户牧民，决定去这户牧民家过一夜，第二天再来取车。老公带上了车上的那把铁锹，一是防止途中遇上什么事，二是可以用锹探探前边的路，另外还可以在大风刮过来的时候保持身体的平衡。

平时在公路上就可以看到这户人家，可在这漆黑的夜晚准确地找到这户人家的位置是件非常困难的事。每家牧民的蒙古包旁都会有一个风力发电机，风大的时候它会迅速转动。停下脚步仔细听，隐约可以听到远处风力发电机转动的声音，老公开始朝着这个声音的方向走。雪格外的硬，每一步都走得很困难，他不时停下来细细地听声音，确认没有偏离方向后再继续走。这样走走停停，他终于走到了牧民的蒙古包，其实只有一公里的路程，却让他足足走了两个小时。

夜里10点钟，牧民们早已经睡了。风很大，老公只能大声呼叫，蒙古包里的人才能听到。老公用蒙语报上了自己和父母的名字，说明了来这的原因，牧民相信了他，打开了蒙古包的门。

进了蒙古包后，在老公讲述事情的同时，女主人为他煮了碗羊肉挂面。他边讲述边脱掉湿了的鞋和袜子挂在炉子边上烤,身子也慢慢暖起来,此时女主人的面也煮好了。

在如此寒冷的夜晚,经过这几个小时的挖雪、走路,加上寒冷,他已又饿又累,吃了热乎乎的羊肉面后,顿生困意。

蒙古包外是冰冷的世界,寒风呼号,浮雪乱飞。相比外面的世界,包内十分简朴的布置却显出无比的奢华、温暖、安全。

第二天一早,男主人决定动用他很长时间没用过的四轮拖拉机帮老公将越野车拽上公路。一夜的白毛风,让草原上的雪更硬了,好不容易着了火的拖拉机在这一公里的路上也陷入雪里好几回,但功夫不负有心人,最终拖拉机将越野车拽上了公路。

在零下三十几度的气温下,在刮着大风的漆黑的寒冬夜里,不管多累、多冷都不能停下脚步,一旦停下,就意味着死亡!自然就是这样,给你足够美丽的景色,同时也给你残酷的考验,既考验你的耐力和勇气,也考验你的智慧和良知!经得住考验的人才可以享用和欣赏自然带来的美景,只有两者都具备,才可以在这里生生不息。

六

在牧场上没有出现网围栏之前,防止狼群袭击羊群是牧民冬季的日常工作,但只是防备,在草原上,牧民对狼从来没有主动出击杀戮。

传说,世界上第一个蒙古男人的名字叫苍狼,第一个蒙古女人的名字则叫白鹿。至今苍狼、白鹿都是蒙古族绘画、雕刻等艺术创造中的重要元素之一。有人说狼是蒙古人的图腾,蒙古人是崇敬狼的,而在我看来,蒙古人与狼之间是斗智斗勇的生存较量。

狼是一种非常聪明的动物,具有罕见的集体作战能力,它们时常对牧民的羊群、马群下手,牧民对于狼可以说是百般防范。从这点来看,狼实际上是蒙古人的敌人,一种存在于自然规律链条中的敌人。狼为了生存要吃羊,而羊群恰恰是牧民的私有财产,决定着牧民一家人的生活,牧民为了生活要保护羊。这样两个处在自然链条中的不同角色有了冲突,形成了蒙古人与狼相斗的不变规律。为了保护自家的牲畜不受袭击,每个蒙古人都要学会如何防范狼的入侵,更要学会怎样与其交战!

在与狼的频繁较量中,蒙古人获得了宝贵的军事才能。狼天生拥有卓越的军事素养,它们拥有聪明的集体作战能力,它们的每一次袭击都是经过谨慎地考察和布局的,它们有着严谨的纪律,还有牺牲小我保护大家的才智。

巴尔虎蒙古人将狼牙当作避邪的物品,原因吗,我想应该是狼有足够的力量和智慧,人们认为它可以对抗一切事物,会让一切邪恶的东西望而生畏。而狼牙是狼身上最坚硬的部分,也是攻击的利器。人们将狼牙上端钻眼儿后穿上绳戴在颈部,还有些工艺商店在狼牙的上半部镶上漂亮的银套然后出售。由于狼的减少,狼牙的价格也应和物以稀为贵的不变规律,不断上涨。而狼牙价格的不断攀高,驱使了更多的人对狼进行无谓的杀戮,致使呼伦贝尔境内狼的数量不断缩减。

如今在呼伦贝尔大草原上已经很少能见到狼了。草场分给每家每户,为了清晰地区分自家的草场,防止别人家的牲畜来自家草场上吃草,人们都用网围栏将自家的草甸圈起来,这网围栏同样也圈住狼的脚步。到处都是网围栏,牛、羊、马也都生活在网围栏中,找不到攻击目标,狼也就不来了。当地牧民说,只有在冬季过后雪融化的时候,狼才会出现在河流两旁。

现代交通工具的出现使人与狼的较量有失了公平。从前牧民骑着马去打狼,如今变成开着汽车追狼。狼奔跑的速度很快,但缺乏耐力,可即便是再有耐力也跑不过汽车啊!开着汽车追狼,狼在全速奔跑的情况下,20分钟就累得吐舌头了。吐舌头就表明狼已经很累了,就要跑不动了。这种情况下继续追,十有八九就会逮住狼。

与狼的直接较量从来都是牧民草原生活中的插曲,日日照料牲畜已经让牧民的劳动很繁重了,除非有狼前来袭击畜群,牧民会出击逮狼,其他时候,他们是不会主动寻找狼的。这也是草原牧民的生存哲学,他们尊重长生天眷顾的所有生命,从不赶尽杀绝。

度过了最冷的季节，经过整个冬季辛勤的喂养，母羊已怀有了身孕，接下来的任务就是要照顾母羊、搭建羊圈、准备又一年的接羔儿！蒙古人就是这样忙忙碌碌地度过了漫长的冰冷岁月。

冰雪慢慢融化，大地也在缓缓复苏，一切都有节奏地变换着，巴尔虎人也静静地迎来了又一个盎然的春季，悄悄地开始了又一年的轮回。就是这一年又一年不断的轮回，练就了巴尔虎人勇敢、坚强、勤劳的性格；就是这一代又一代与自然的和谐相处，造就了巴尔虎人善良、热情、豪放的性情。

是草原人民的乐观，让草原生活充满欢笑，是草原的艰苦生活让他们懂得生命的艰辛，也让他们拥有了为人热情的品格，只有经历过艰辛生活的人才能设身处地地理解他人的难处。这也是为什么在草原上遇到困难，无论你遇到谁，他都会尽全力帮助你的，因为草原生活给予他们最可贵的品质——善良。

后记

《巴尔虎——草原上轮回的生命》是我的第一本书,现在终于完成了。从最开始萌生写作的冲动到今天与读者见面,虽然耗费了很长时间,但我庆幸我在那一刻拥有了这个梦想,更庆幸付诸行动。最初写书的冲动来源于对家乡呼伦贝尔陈巴尔虎旗的最纯真的感情。也许是从小离开家的缘故,总有一种乡愁伴随着我的成长。然而到了写作的后期,写作已不仅是我对家乡情感的抒发,更激发了我了解家乡文化、家乡生活的浓厚热情,于是有了更积极的探索:我耐心地询问家中老者,仔细阅读相关书籍,若能亲身体验的事一定会亲身感受,这些一系列的行动让我了解了很多本民族的文化。单从这一点来说,这次"冲动"又是多么的珍贵!

是草原的魅力让我坚持不懈,是自己的坚持最终让这本书面世,希望能有更多的读者了解呼伦贝尔大草原,了解我的家乡陈巴尔虎旗,了解生活在这里的巴尔虎部落。

非常感谢我的婆婆、我的老公,还有老公家中所有的长辈们,是他们的叙述让我能够了解古老的巴尔虎部落,更要感谢他们能够相信我,他们的支持和信任,给了我莫大的鼓励。

曾有朋友问我:"在你的书中最想表达的是什么?或者说你最想让读者了解什么?"这是个非常好的问题,也让我日后思考了很多。草原的美丽毋庸置疑,可除了想要更多的人了解和看到草原辽阔美丽的本色,还想让人们了解草原人民朴实的生活,了解他们那种通过千百年的游牧生活所集结下来的,与天地共生死的生存模式,与自然相融合的最朴素的生活哲学。这样的生活哲学造就了蒙古人热情、豪放的性格,他们勇敢、无畏的品格是草原赐予的,他们能歌善舞的天赋也是草原给予的。

蒙古人有着辉煌的历史,这个游牧民族在整个世

后记

界历史的宏伟篇章中写下了浓重的一笔,对整个世界格局的发展也起到了非常重要的影响。

从成吉思汗的大蒙古帝国的形成,到元世祖忽必烈的庞大王朝元朝的建立,到与明朝并存的北元时期,再到现在仍生活在草原上的蒙古人民。蒙古族作为一支游牧民族从未退出历史舞台,其特有的民族性格和民族风俗依旧影响和吸引着许多人,在不同的时代以不同的形式展现着蒙古文化的魅力。

此书献给养育我、滋润我的巴尔虎草原,献给所有热爱草原的人,献给我童年的伙伴们并纪念那段难忘的岁月,献给所有热爱家乡的人们,也献给所有心怀蒙古情结的人们。